LA FRANCE
DRAMATIQUE
AU DIX-NEUVIÈME SIÈCLE
CHOIX DE PIÈCES MODERNES

Opéra-Comique

LA DAME BLANCHE

OPÉRA-COMIQUE EN TROIS ACTES

PRIX UN FRANC

PARIS
N. TRESSE, ÉDITEUR
Successeur de J.-N. Barba.

PALAIS-ROYAL, GALERIE DE CHARTRES, Nos 2 ET 3
Derrière le Théâtre-Français.

1869

FRANCE DRAMATIQUE. — PIÈCES EN VENTE.

LA DAME BLANCHE,

OPÉRA COMIQUE EN TROIS ACTES,

PAROLES DE M. SCRIBE,

MUSIQUE DE BOYELDIEU;

Représenté pour la première fois, à Paris, sur le théâtre royal de l'Opéra-Comique, le 10 décembre 1825.

DISTRIBUTION DE LA PIÉCE :

GAVESTON, ancien intendant des comtes d'Avenel...... M. HENRY.
ANNA, sa pupille........................... Mme RIGAUT.
GEORGES, jeune officier anglais.................... M. PONCHARD.
DIKSON, fermier des comtes d'Avenel............... M. FÉRÉOL.
JENNY, sa femme........................... Mme BOULANGER.
MARGUERITE, ancienne domestique des comtes d'Avenel. Mme DESBROSSES.
GABRIEL, valet de ferme de Dikson................. M. BELNIE.
MAC-IRTON, juge de paix du canton............... M. FIRMIN.
PAYSANS, etc.

La scène se passe en Écosse, en 1759.

ACTE PREMIER.

Le théâtre représente l'intérieur d'une ferme écossaise ; le fond, qui est ouvert, laisse voir un site pittoresque, des arbres, des rochers, et une route qui descend de la montagne à la ferme.

SCÈNE I.

INTRODUCTION.

PAYSANS ÉCOSSAIS, HOMMES et FEMMES ; LA MARRAINE, le bouquet au côté.

CHŒUR.

Sonnez, cornemuse et musette !
Les montagnards sont réunis :
Car un baptême est une fête
Pour des parents, pour des amis.

SCÈNE II.

LES PRÉCÉDENTS ; DIKSON et JENNY, sortant de la porte à droite.

PREMIER PAYSAN, allant à Dikson.

Eh bien ! cousin, quelle nouvelle ?

DIKSON.

Ah ! mes amis, mes bons amis,
Partagez ma douleur mortelle :
On ne peut baptiser mon fils...

PREMIER PAYSAN.

Et pourquoi donc !

DIKSON, montrant Jenny.

Ma femme et moi
En perdons la tête, je crois :
Voilà, par un revers soudain,
Que nous nous trouvons sans parrain...

TOUS.

Point de parrain !

DIKSON.

J'en avais un du plus haut grade
Car c'était monsieur le shérif ;
Mais voilà qu'il tombe malade
Et juste au moment décisif...

TOUS.

Comment remplacer un shérif !

JENNY.

Je veux un parrain d'importance.
Qui porte bonheur à mon fils.

DIKSON.

Mais je le vois, l'heure s'avance
N'y pensons plus, mes bons amis

SCÈNE III.

Les précédents; GEORGES, paraissant sur le
haut de la montagne.

*Il est en vêtement très simple, et porte sur son épaule un
petit paquet attaché au pommeau de son épée.*

TOUS.

Eh mais! quel est cet étranger?

GEORGES, qui a descendu la montagne et qui entre en
scène.

Chez vous, mes bons amis, ne puis-je pas loger?
(*Tirant sa bourse et la présentant.*)
Tenez... car la faim m'aiguillonne...

DIKSON.

Chez les montagnards écossais
L'hospitalité se donne,
Elle ne se vend jamais.
Votre état?

GEORGES.

J'ai servi dès ma plus tendre enfance,
Et je suis officier du roi.

DIKSON.

Ce titre-là suffit, je pense;
Soyez le bienvenu chez moi.

(*Tout le monde s'empresse autour de lui; on le débarrasse
de ses armes et de son bagage, pendant la ritournelle
de l'air suivant.*)

GEORGES.

AIR.

Ah! quel plaisir d'être soldat!
On sert, par sa vaillance,
Et son prince et l'état;
Et gaiment on s'élance
De l'amour au combat.
Ah! quel plaisir d'être soldat!

Sitôt que la trompette sonne,
Sitôt qu'on entend les tambours,
Il court dans les champs de Bellone,
En riant exposer ses jours.
Écoutez ces cris de victoire;
De la gaité c'est le signal:
« Amis, buvons à notre gloire...
« Buvons à notre général!...»
Ah! quel plaisir d'être soldat! etc.

Quand la paix, prix de son courage,
Le ramène dans son village,
Pour lui quel spectacle nouveau!
Chacun et l'entoure et l'embrasse:
« C'est lui... c'est l'honneur du hameau! »
La beauté sourit avec grâce;
Le vieillard même, quand il passe,
Porte la main à son chapeau;
Et sa mère est-elle heureuse!...
(*Regardant autour de lui.*)
Mais j'avais une amoureuse:
(*Souriant.*)
Où donc est-elle?... J'entends,
Je comprends.
(*Soupirant et reprenant gaiment.*)
Ah! quel plaisir d'être soldat!
On sert, par sa vaillance,
Et son prince et l'état;
Et gaiment on s'élance

De l'amour au combat.
Ah! quel plaisir d'être soldat!

JENNY, bas à Dikson.

Quel aimable et gai caractère!
C'est le parrain qu'il nous faudrait.

DIKSON, de même à Jenny.

Y penses-tu?... c'est indiscret.

JENNY.

Ne crains rien, et laisse-moi faire.
(*S'approchant de Georges.*)

COUPLETS.

I.

Du ciel pour nous la bonté favorable
Nous donne un fils, espoir de notre hymen;
Et pour qu'il soit aussi brave qu'aimable,
Nous vous prions d'en être le parrain.

GEORGES.

II.

Puissé-je un jour, pour acquitter ma dette,
De votre fils embellir le destin!
Mais en voyant tant d'attraits... je regrette
De ne pouvoir être que son parrain.

DIKSON, avec joie.

Vous acceptez... ah! quel bonheur!
(*A Jenny.*)
Cours prévenir notre pasteur.
(*Aux montagnards.*)
Veillez au repas, je vous prie;
Car avant la cérémonie
Nous avons toujours le festin.

GEORGES.

Moi, d'avance je m'y convie;
Vous me verrez le verre en main!

DIKSON.

Grand Dieu! quel aimable parrain!
(*Reprise du premier chœur.*)

Sonnez, cornemuse et musette!
Les montagnards sont réunis:
Car un baptême est une fête
Pour des parents, pour des amis.

(*Jenny sort par le fond; plusieurs montagnards la suivent,
ou rentrent dans l'intérieur de la ferme.*)

SCÈNE IV.

GEORGES, DIKSON.

GEORGES.

Voilà donc qui est convenu! je reste ici! je
suis de la famille! mais je ne me serais pas
attendu ce matin à la nouvelle dignité qui
m'arrive.

DIKSON.

Peut-être que cela vous contrarie?

GEORGES.

En aucune façon. Que veux-tu que fasse un
officier en congé? autant qu'il soit parrain
qu'autre chose; ça utilise ses moments; c'est
encore un service indirect qu'il rend à l'état.

DIKSON.

C'est toujours bien de l'honneur que vou

faites à un simple fermier ; d'autant qu'à la naissance d'un enfant il y a toujours, comme disaient nos pères, de malignes influences qui le menacent... ici sur-tout.

GEORGES.

Vraiment ?...

DIKSON.

Oui, le pays est mauvais. Mais je suis de l'avis de ma femme, vous nous porterez bonheur ! A propos de cela, mon officier, vous ne m'avez pas dit votre nom ?

GEORGES.

C'est juste : avant de donner un nom à ton fils, il faut que je te dise le mien ; on m'appelle Georges.

DIKSON.

Georges !

GEORGES.

Oui... voilà tout.

DIKSON.

Georges... Ce n'est là qu'un nom de baptême..

GEORGES, souriant.

Eh bien ! aujourd'hui, c'est ce qu'il te faut, tu n'en as pas besoin d'autre... Georges Brown, si tu veux ? Du reste, je serais bien embarrassé d'en dire davantage ; excepté quelques souvenirs vagues et confus, ma mémoire ne me retrace rien de mon enfance ni de ma famille. J'ai quelques idées de grands domestiques, en habits galonnés, qui me portaient dans leurs bras ; d'une jolie petite fille avec laquelle j'étais élevé... d'une vieille femme qui me chantait des chansons écossaises... Mais tout-à-coup, et j'ignore comment, je me suis vu transporté à bord d'un vaisseau, sous les ordres d'un nommé Duncan, un contre-maître qui se disait mon oncle, et que je n'oublierai jamais, car il m'apprenait rudement le service maritime ! Au bout de quelques années d'esclavage et de mauvais traitements, je parvins à m'échapper, et je débarquai sans un schelling dans ma poche.

DIKSON.

Pauvre jeune homme !

GEORGES.

Je n'étais pas à plaindre... j'étais libre... j'étais mon maître... Je me fis soldat... du roi Georges. En avant, marche ! le sac sur le dos ! Depuis ce moment-là je suis le plus heureux des hommes ; tout m'a réussi... il semble que la fortune me conduise par la main. D'abord, à ma première affaire... j'avais seize ans : me souvenant encore de mon état de matelot... je jette là mon fusil... je grimpe à une redoute, j'y entre le premier, et mon colonel m'embrasse en présence de tout le régiment... Mon brave colonel !... ce fut pour moi un père... un ami !... il me prit en affection, s'occupa de mon éducation, de mon avancement. Il y a six mois, dans le Hanovre, je venais d'être nommé sous-lieutenant, lorsque je me trouvai à côté de lui, en face d'une batterie ! « Georges ! me criait-il va-t'en ! » et il voulait se mettre devant moi ; tu te doutes bien que je me suis élancé au-devant du coup, mais en vain ! nous tombâmes tous les deux..... et lui, pour ne jamais se relever.

DIKSON.

Il est mort ?

GEORGES.

Oui, au champ d'honneur ! de la mort des braves ! (Otant son chapeau) Puisse-t-il prier là-haut pour qu'il m'en arrive autant ! Quand je revins à moi, je me trouvai dans une chaumière qui m'était inconnue, et je vis tout-à-coup apparaître une jeune fille, à qui sans doute je devais la vie, et qui chaque jour venait me prodiguer des soins... C'était la physionomie la plus douce et la plus touchante... Il m'était défendu de parler, et je ne pouvais lui témoigner que par gestes et ma reconnaissance et le desir que j'avais de connaître ma bienfaitrice..... « Plus tard, me disait-elle, quand vous irez mieux ! » Mais, un jour, je l'attendais à l'heure accoutumée, elle ne vint plus ; et cependant, la veille, en me quittant, elle m'avait dit : « A demain ! » Aussi, dans mon inquiétude, dans mon impatience, je me hâtai d'abandonner la chaumière ; j'en sortis tout-à-fait guéri, mais amoureux comme un fou ; et depuis, malgré mes soins et mes recherches, impossible de découvrir les traces de ma belle inconnue !

DIKSON.

C'était peut-être votre bon ange..... quelque démon familier... comme il y en a tant dans le pays...

GEORGES.

Vraiment, je vous reconnais là, vous autres Écossais..... Mais en revanche, j'ai retrouvé à Londres une ancienne connaissance, mon ami Duncan, qui est, je crois, mon mauvais génie ; il a paru stupéfait en m'apercevant avec mon nouveau grade. J'avais bien envie, malgré notre parenté, de lui rendre tout ce que j'avais reçu de lui... mais il était vieux et souffrant, et n'a pas, je crois, long-temps à vivre... j'ai partagé ma bourse avec lui, et ne lui demande rien, pas même son héritage.

DIKSON.

C'est très bien... ça vous portera bonheur.

GEORGES.

C'est justement ce qu'il m'a dit en me quittant...

<hr>

SCÈNE V.

LES PRÉCÉDENTS, JENNY.

MORCEAU D'ENSEMBLE.

DIKSON.

Mais que veut notre ménagère ?

JENNY.

Ah ! monsieur... je ne sais comment vous faire part...

DIKSON.

Qu'est-ce donc ?

JENNY.

Le baptême, hélas, ne peut se faire
Que ce soir, et très tard ;
Et monsieur, qu'on attend sans doute,
Va partir promptement ?

GEORGES.

Je ne vais nulle part :
Rien ne me presse, et je m'arrête en route
Où je vois des amis.

JENNY.

Dans nos humbles foyers
Vous resterez donc ?

GEORGES.

Volontiers.

JENNY.

Jusqu'à demain ?

GEORGES.

Volontiers.

DIKSON.

Et vous souperez ?

GEORGES.

Volontiers,
Volontiers, mes bons amis.

JENNY.

Ah ! c'est charmant : il est toujours de notre avis.

DIKSON.

Allons, femme, fais-nous servir.

GEORGES.

Les braves gens !

DIKSON.

Touchez là ; quel plaisir !...
Il faut rire, il faut boire
A l'hospitalité.

GEORGES.

A l'amour, à la gloire,
Ainsi qu'à la beauté !

(Pendant ce chœur, plusieurs convives sont entrés, et l'on
a apporté la table.)

DIKSON.

Ici, monsieur le militaire,
A la place d'honneur.

GEORGES.

Près de ma gentille commère,
Ah ! pour moi quel bonheur !

ENSEMBLE.

Il faut rire, il faut boire
A l'hospitalité, etc.

(Ils sont tous assis et mangent.)

GEORGES, assis.

Dites-moi, mon cher hôte, pour un voyageur, qu'y a-t-il de curieux à voir dans le pays ?

DIKSON.

Il y a d'abord le château d'Avenel... un édifice
magnifique ! dont on voit d'ici le clocher.

JENNY.

Le nouveau château est fermé, et l'on ne
peut pas y entrer ; mais il y a l'ancien, dont les
ruines et les souterrains sont superbes... aussi,
tous les peintres vont le visiter.

GEORGES.

Nous irons demain, n'est-il pas vrai ? vous
m'y conduirez ?

DIKSON.

Vous venez dans un mauvais moment. Ordi-
nairement le château n'est habité que par une
vieille concierge attachée aux anciens proprié-
taires..... mais hier, l'intendant Gaveston y est
arrivé, et l'on dit qu'il ne repartira qu'après la
vente.

GEORGES.

Que dites-vous ? on vend cette belle pro-
priété ?

DIKSON.

Oui, sans doute... elle appartenait aux anciens
comtes d'Avenel, de braves gens que tout le
monde chérit encore dans le pays..... mais ils
étaient du parti des Stuarts, et après la bataille de Culloden le comte d'Avenel, qui avait
été proscrit, s'est réfugié avec une partie de sa
famille en France, où l'on prétend qu'il est
mort.

JENNY.

Or, pendant ce temps, ce M. Gaveston a em-
brouillé les affaires du comte, dont il était l'intendant, si bien que, pour payer les créanciers,
on va vendre demain ce beau domaine.

DIKSON.

Bien plus, on dit que Gaveston, qui s'est en-
richi, veut lui-même se rendre acquéreur du
château, et, par ainsi, devenir comte d'Avenel... Je vous le demande... un coquin d'intendant qui se trouverait être notre seigneur.....
Non, morbleu ! nous ne le souffrirons pas...

JENNY.

Sois tranquille, il lui arrivera malheur, car
hier au soir, Gabriel, notre garçon de ferme,
a vu la dame blanche d'Avenel qui se promenait
sur les créneaux et sur les ruines.

DIKSON.

Ah ! mon Dieu ! en es-tu bien sûre ?

JENNY.

Il l'a vue comme je te vois.

GEORGES.

La dame blanche d'Avenel ! qu'est-ce que
c'est ? je serais enchanté de faire sa connaissance !

DIKSON.

Y pensez-vous ?

GEORGES.

Pourquoi pas ? si c'est une jolie femme !

DIKSON.

Depuis trois ou quatre cents ans c'est la protectrice de la maison d'Avenel !

JENNY.

Quand il doit arriver à cette famille quelque
événement heureux ou malheureux, on est sûr
qu'elle apparaîtra. On la voit errer sur le haut
des tourelles, en longs vêtements blancs, et tenant à la main une harpe qui rend des sons cé-
lestes ! et puis, comme dit la ballade...

GEORGES.

Ah !... il y a une ballade ?

DIKSON.

Et une fameuse ! qu'on chante dans le pays...
mais quand on est plusieurs réunis... parceque
nous cela ça fait trop peur !... Ma femme la sait...

GEORGES.

Eh bien ! Jenny, chantez-nous-la. Il me semble que nous pouvons l'entendre ; (montrant tous
les convives.) nous sommes en force.

JENNY.

COUPLETS.

I.

D'ici voyez ce beau domaine
Dont les créneaux touchent le ciel !
Une invisible châtelaine
Veille en tous temps sur ce castel.
Chevalier félon et méchant
Qui tramez complot malfaisant,
    Prenez garde !
La dame blanche vous regarde,
La dame blanche vous entend.

II.

Sous ces voûtes, sous ces tourelles,
Pour éviter les feux du jour,
Parfois gentilles pastourelles
Redisent doux propos d'amour.
Vous qui parlez si tendrement,
Jeune fillette, jeune amant,
    Prenez garde !
La dame blanche vous regarde,
La dame blanche vous entend.

III.

En tous lieux protégeant les belles,
Et de son sexe ayant pitié,
(Regardant Dikson.)
Quand les maris sont infidèles,
Elle en avertit leur moitié.
Volage époux, cœur inconstant,
Qui trahissez votre serment,
    Prenez garde !
La dame blanche vous regarde,
La dame blanche vous entend.

GEORGES.

Grand merci, ma belle enfant,
Votre conte est charmant.

TOUS, effrayés.

Un conte !

JENNY.

La dame blanche vous regarde !
Elle vous entend !

(Gabriel tire Dikson par son habit.)

DIKSON, effrayé.

Hein !... qu'est-ce que c'est ?... c'est Gabriel
mon valet de ferme.

GABRIEL.

Monsieur, les principaux fermiers des environs sont là dans la salle à côté.

JENNY.

Va vite, car c'est pour la vente de demain.

GEORGES.

La vente du château d'Avenel ?

JENNY.

Oui, monsieur..... tous les fermiers, tous les
notables du pays se réunissent pour surenchérir.

GEORGES.

Et quel est leur but en faisant pour leur
compte une pareille acquisition ?

JENNY.

D'empêcher que ce domaine ne passe dans
les mains de Gaveston, de le conserver à la
famille d'Avenel, dont chacun ici chérit le souvenir ; et si jamais quelqu'un de leurs descen-
dants revient dans le pays, on lui dira : « Voilà
votre bien, voilà vos terres ; nous les avons gar-
dées et cultivées pour votre compte... reprenez-
les !»

GEORGES.

Il se pourrait !... un pareil dévouement... Et
bien ! sans les connaître j'estime les comtes d'A-
venel, car ceux qui se font aimer ainsi doivent
être de braves gens.

DIKSON, aux montagnards.

Allez, mes amis, allez délibérer avec eux ; je
vous rejoins dans l'instant.

(Ils sortent tous par la porte à gauche.)

SCÈNE VI.

JENNY, GEORGES, DIKSON.

JENNY, à Dikson.

Pourquoi ne pas les suivre ?

DIKSON, montrant Georges.

Je voulais auparavant parler à monsieur sur la
vente du domaine, et puis sur des idées qui me
sont revenues pendant que tu chantais ; ici, dans
ce pays... ils sont tous trop poltrons pour me
donner un bon conseil, tandis que vous (à Georges.) qui êtes militaire et qui avez du cœur....

GEORGES.

De quoi s'agit-il ?

DIKSON.

D'abord, monsieur, dites-moi si vous croyez
à la dame blanche ?

GEORGES, riant.

Qui, moi ?... ma foi, j'y aurais des disposi-
tions : il serait si doux de penser qu'on a toujours auprès de soi une jolie femme, une fée se-
courable qui vient à votre aide au moment du
danger !... et je donnerais tout au monde pour
apercevoir seulement la dame blanche d'Avenel.

DIKSON, tremblant.

Eh bien ! je suis plus heureux que vous.

JENNY ET GEORGES.

Tu l'as vue !

DIKSON.

Mieux que cela... je lui ai parlé... il y a déjà
bien long-temps..... je lui ai fait alors une promesse qui maintenant ne laisse pas que de m'in-
quiéter...

JENNY.

Qu'est-ce que ça signifie ? et vous ne m'en
avez jamais rien dit !

DIKSON.

Je n'en aurais jamais parlé à personne sans les évenements de demain ; et puis , ce que tu m'as raconté, qu'elle avait reparu dans le pays, tout cela s'est représenté à ma mémoire ; et depuis quelques instants , voilà , sans me vanter, une fameuse peur qui me galope...

GEORGES et JENNY.

Dis-nous vite !

DIKSON.

Il y a treize ans, après la mort de mon père , tous les malheurs semblaient fondre sur moi : mes blés avaient été gelés , mes bestiaux avaient péri , le feu avait pris à ma ferme, sans compter les recors et les hommes de loi qui commençaient à me travailler ; le lendemain on devait tout saisir chez moi, jusqu'à mes charrues, et pas un ami qui voulût m'obliger. Désespéré, j'errais le soir dans la campagne et je me trouvai près des souterrains du vieux château ; j'y entrai, et me jetant sur la pierre : « Puisque tout m'a- « bandonne, m'écriai-je, que la dame blanche « vienne à mon secours, je me donne à elle corps « et biens, si elle veut me prêter deux mille li- « vres d'Écosse. » J'entendis tout-à-coup une voix qui me dit : « J'accepte. Quand l'heure aura « sonné, souviens-toi de ta promesse, » et dans le moment une bourse tombe à mes pieds.

GEORGES.

Ce n'est pas possible...

DIKSON.

Je la ramassai en fermant les yeux, persuadé que c'était de la fausse monnaie... c'étaient de belles pièces d'or avec lesquelles j'ai payé mes dettes, rétabli mes affaires; et depuis ce temps-là, tout a prospéré chez moi , je suis devenu un des plus riches fermiers des environs, et j'ai épousé, l'autre année, Jenny que j'aimais depuis long-temps.

JENNY.

Et moi, si je l'avais su, j'y aurais regardé à deux fois...Avoir formé un pacte comme celui-là !... Savez-vous que la dame blanche c'est un utin ?... c'est comme qui dirait le...

DIKSON , tremblant.

Du tout... c'est bien différent !...

JENNY.

Si , monsieur, tout cela se tient ; et quand je pense que vous vous êtes donné à elle avec tout ce qui vous appartient !...

DIKSON.

C'est vrai.

JENNY.

Et moi, qui suis votre femme, je suis donc comprise là-dedans... et notre enfant !

GEORGES.

Comment !... mon petit filleul...

JENNY.

Et si un beau matin elle allait venir nous enlever...

DIKSON.

Ah ! mon Dieu ! (se retournant.) Hein ! qn'y a-t-il ? (Apercevant Gabriel.) Cet imbécile-là le fait exprès, il arrive toujours quand on a peur.

GABRIEL , qui est entré.

Dame ! notre maitre..... c'est que vous avez toujours peur quand on arrive ! Les fermiers vous attendent : il faut qu'ils retournent ce soir chez eux, et voici la nuit qui s'avance.

DIKSON.

Je te suis. (A Jenny.) Vois-tu , ma chère amie, il n'y a rien à craindre ; pourquoi veux-tu que la dame blanche t'enlève... toi... une femme ! elle m'enlèverait plutôt... Je reviens. (Bas à Georges.) Restez avec ma femme et ne la quittez pas.

(Il sort.)

SCÈNE VII.

GEORGES, JENNY.

DUO.

GEORGES.

Il s'éloigne, il nous laisse ensemble,
Mais en partant je crois qu'il tremble.

JENNY.

Hélas ! il est toujours ainsi :
J' vois toujours trembler mon mari.
Au moindre bruit dans le village,
Il a peur.

GEORGES.

Il a peur?

JENNY.

Dès qu'il entend grouder l'orage,
Il a peur.

GEORGES.

Il a peur?

JENNY.

Et quand parfois il se réveille,
C'est qu'hélas! de quelque voleur
Il a peur.

GEORGES.

Il a peur ?

JENNY.

Qu'on m' dise un mot d' galanterie,
Ou bien qu'à dauser l'on me prie,
Il a peur.

GEORGES.

Il a peur ?

JENNY.

Y conçoit-on rien, je vous prie?

GEORGES.

Ah ! je conçois bien sa frayeur :
Lorsque l'on a femme jolie,
De tout le monde l'on a peur.

ENSEMBLE.

JENNY, GEORGES.

JENNY.

O le brave militaire!
Pour mon mari je n'ai plus peur

Il nous défendra, j'espère :
Non, non, non, non, plus de frayeur !

GEORGES, lui prenant la main.

Auprès d'un bon militaire,
Non, non, non, non, plus de frayeur !
Rassurez-vous bien, ma chère,
Je serai votre défenseur.

JENNY.

J'bénis le sort qui nous rassemble.
Mais, que vois-je? votre main trembl'?!

GEORGES.

Vraiment, parfois je suis ainsi.

JENNY.

Le voilà comme mon mari.

GEORGES.

Lorsque je suis près d'une belle,
Moi, j'ai peur.

JENNY.

Il a peur?

GEORGES.

Lorsque son œil noir étincelle,
Oh! j'ai peur.

JENNY.

Il a peur?

GEORGES.

Oui, lorsque je vois tant de charmes,
Craignant de leur rendre les armes,
Pour ma raison et pour mon cœur
J'ai grand' peur.

JENNY.

Il a peur?

GEORGES.

Pour dissiper cette folie,
Un seul baiser, je vous en prie.

JENNY.

Monsieur n'a donc plus de frayeur !

GEORGES.

Oh! cela redouble, au contraire,
Et c'est pour me donner du cœur.

(Il l'embrasse.)

ENSEMBLE.

JENNY, GEORGES.

JENNY.

O le brave militaire !
Pour mon mari je n'ai plus peur;
Il nous défendra, j'espère;
Non, non, non, non, plus de frayeur !

GEORGES.

Auprès d'un bon militaire,
Non, non, non, non, plus de frayeur !
Rassurez-vous bien, ma chère,
Je serai votre défenseur.

SCENE VIII.

LES PRÉCÉDENTS, DIKSON.

DIKSON, d'un air effrayé et tenant à la main un papier.

Ma femme... ma femme... (A Georges.) Ah !
vous voilà... Ne me quittez pas...je vous en prie.

JENNY.

Qu'y a-t-il donc ?... Est-ce que les fermiers?...

DIKSON, de même.

C'est moi qu'ils ont chargé de leur procuration, jusqu'à deux cent mille livres d'Écosse.
Mais après cela ils sont partis...

GEORGES.

Eh bien !...

DIKSON, de même.

Je les ai reconduits jusqu'au détour du bois,
à cent pas de la maison ! et, comme je revenais
j'ai trouvé au milieu de la route un petit nain,
tout noir, qui m'a présenté ce papier, et qui
soudain, je crois, s'est abîmé sous terre... car
je ne sais plus ce qu'il est devenu !

JENNY.

Ah ! mon Dieu !...

DIKSON.

Et ce papier... le voilà !

JENNY.

Lis toi-même !

DIKSON, lisant.

« Tu m'as juré obéissance ; l'heure est venue,
« j'ai besoin de toi... Trouve-toi ce soir à la
« porte du château, et demande l'hospitalité
« au nom de saint Julien d'Avenel.

« *Signé* LA DAME BLANCHE. »

TRIO.

ENSEMBLE.

DIKSON et JENNY, GEORGES.

DIKSON et JENNY.

Grand Dieu! que viens-je d'entendre?
Voici donc le moment fatal!
Je n'y puis rien comprendre;
C'est un mystère infernal !

GEORGES.

D'honneur, je n'y puis rien comprendre;
Je m'y perds!... mais c'est égal;
L'aventure a de quoi surprendre :
Le trait est original!

DIKSON.

C'est cette nuit, dans l'instant même.

JENNY.

Peu m'importe... tu n'iras pas!

DIKSON, montrant le billet.

Mais songe à son ordre suprême.

JENNY.

J'arrêterai plutôt tes pas.

DIKSON.

Et si je brave sa colère,
Songe à ce que nous deviendrons :
Adieu notre fortune entière,
Adieu l'espoir de vos moissons!
Et chez moi, toutes les semaines,
Des lutins qu'elle aura payés
Viendront, avec un bruit de chaînes,
La nuit me tirer par les pieds...

ENSEMBLE.

DIKSON et JENNY, GEORGES.

DIKSON et JENNY.

Ah ! grand Dieu ! que viens-je d'entendre!
Voici donc le moment fatal !

Hélas, { je ne puis m'en } défendre,
         { il ne peut s'en }
Descendre au séjour infernal.

GEORGES.

D'honneur, je n'y puis rien comprendre.
Oui, je m'y perds!... mais c'est égal ;
Le secret... j'irai le surprendre
Au fond du séjour infernal.
Mes bons amis, séchez vos larmes :
Si ce rendez-vous aujourd'hui
Est la cause de vos alarmes,
Ne craignez rien,
                    (Montrant Dikson.)
                    J'irai pour lui.

DIKSON et JENNY.

O ciel! vous exposer ainsi!

GEORGES.

Le péril a pour moi des charmes,
Sur-tout pour aider un ami...

DIKSON et JENNY.

Des lutins craignez la furie.

GEORGES.

Je ne crains rien... je suis soldat.

JENNY.

Quoi! voulez vous...

GEORGES.

          C'est mon envie.

DIKSON.

Risquer vos jours...

GEORGES.

          C'est mon état.
Allons, partons, sers-moi d'escorte ;
Tu voudrais résister en vain.

DIKSON , bas à Jenny.

Je vais le conduire à la porte ,
Et puis je reviendrai soudain.

JENNY.

Et notre baptême?

GEORGES , gaîment.

          A demain;
Vous me verrez, j'en suis certain.

DIKSON , à part.

Et puis, si le diable l'emporte,
Nous serons encor sans parrain.

ENSEMBLE.

GEORGES , DIKSON et JENNY.

GEORGES.

Et toi, la plus belle des belles,
Dame blanche, esprit ou lutin,
Sur tes créneaux, sur tes tourelles,
J'accours en galant paladin.

DIKSON et JENNY, tremblant.

Je sens une frayeur mortelle...
Nous voulons l'arrêter en vain ;
Il va, dans l'excès de son zèle,
Au-devant d'un trépas certain.

(Georges sort, conduit par Dikson; Jenny reste seule, et
les suivant des yeux et en levant les bras au ciel.)

ACTE SECOND.

Le théâtre représente un grand salon gothique; à gauche du spectateur, sur le premier plan, une large
cheminée; à droite, un portrait de famille; du même côté une porte, et plus loin une croisée.

SCÈNE I.

MARGUERITE, occupée à filer.

COUPLETS.

1.

Pauvre dame Marguerite,
Tes derniers jours sont venus,
Et ces fuseaux que j'agite
Bientôt ne tourneront plus.
Que je voie encor mes maîtres
Au château de leurs ancêtres :
Avant de mourir, voilà
Le seul bonheur que j'implore...
Fuseaux légers, tournez encore,
Tournez encore jusque-là.

II.

Et toi, dont la souvenance
Reste en mon cœur maternel,
Toi, dont j'élevai l'enfance,
Pauvre Julien d'Avenel ;
Dussé-je en mourir de joie,
Qu'un seul jour je te revoie :
Avant d'expirer, voilà
Tout le bonheur que j'implore...

Fuseaux légers, tournez encore,
Tournez encore jusque-là.

(Se levant.) Allons! allons! laissons là mon ouvrage et mes souvenirs, (montrant la porte à gauche,)
car miss Anna va descendre de son appartement...
Pauvre et chère orpheline, élevée par mes anciens maîtres! en la voyant arriver hier avec ce
Gaveston qu'ils lui ont donné pour tuteur, il
m'a semblé que mes vœux étaient exaucés, et
que mon pauvre Julien allait aussi revenir.....
car autrefois ils étaient toujours ensemble... qui
voyait l'un voyait l'autre... ils s'aimaient tant,
ils étaient si gentils!..... sur-tout quand je les
portais tous les deux dans mes bras, et que la
comtesse d'Avenel me criait : «Dame Marguerite,
prenez garde!» Jour de Dieu... si je prenais garde!
le fils de mes maîtres, mon pauvre petit Julien!..
Eh bien! voilà que malgré moi, j'y reviens encore! Il en est de ça comme du vieux cloche
d'Avenel, au milieu du parc; de quelque côté
qu'on se promène on le rencontre toujours!
(S'approchant de la croisée, qui est entr'ouverte.) For-

mons tout dans cet appartement... Ah mon Dieu! j'ai aperçu une lumière dans ces ruines inhabitées... Oui, j'ai cru distinguer... Ah! (*refermant vivement la fenêtre.*) serait-ce la dame blanche?... la protectrice de ce château..... et sa présence n'annonce-t-elle le retour ou la mort de Julien?

SCÈNE II.

MARGUERITE; MISS ANNA, *couverte d'un manteau écossais, et tenant à la main une lanterne éteinte; elle est vêtue d'une robe bleue et coiffée en cheveux.*

MARGUERITE.

Qui vient là? miss Anna, pâle et tremblante... Qu'avez-vous, mon enfant?

ANNA, *ôtant son manteau et posant sa lanterne dans le coin de la cheminée.*

Rien... dame Marguerite.

MARGUERITE.

Moi qui vous croyais dans votre appartement... d'où venez-vous donc?

ANNA.

De traverser ces ruines.

MARGUERITE.

Dieu soit loué! c'est vous que j'ai vue tout-à-l'heure... Et vous osez, seule, la nuit...?

ANNA.

Aussi.... je tremblais... mais c'est égal. . Gaveston vint de sortir, et je voulais visiter ce superbe bâtiment qui est au milieu du parc..... J'ai été jusque là et je n'ai pu y pénétrer.

MARGUERITE.

Je le crois bien, depuis qu'on a appris la mort du comte, tout est fermé, on y a mis les scellés, et on ne les lèvera que demain après la vente.

ANNA, *à part.*

O ciel! quel contre-temps!

MARGUERITE.

Mais quelle idée de sortir à une pareille heure, au lieu de venir auprès de moi, qui suis si heureuse de vous voir!.... car, depuis hier, votre arrivée, à peine ai-je pu vous parler.... ce Gaveston était toujours là...

ANNA.

Tu as raison..... d'autres idées qui m'occupent... Pardonne-moi, ma bonne Marguerite!

MARGUERITE.

Qu'êtes-vous devenue? que vous est-il arrivé depuis que cette noble famille a quitté ces lieux? depuis le jour où vous suivîtes la comtesse d'Avenel, où son mari alla rejoindre l'armée des montagnards, et où mon petit Julien fut embarqué pour la France, avec ce vilain gouverneur, dont je me défiais?

ANNA.

Hélas! mon compagnon d'enfance, Julien a disparu, et l'on ignore son destin; son père vient de mourir dans l'exil, et la comtesse d'Avenel, retenue long-temps dans une prison d'état....

MARGUERITE.

O ciel!

ANNA.

Je l'ai suivie, Marguerite, je n'ai point quitté ma bienfaitrice; pendant huit ans je lui ai prodigué mes soins, j'ai tâché de mériter le nom de sa fille, qu'elle me donnait... mais à sa mort, quelle différence! il fallut suivre ce Gaveston, qu'on avait nommé mon tuteur..... et dans un voyage où je l'accompagnai il y a trois mois.... sur le continent..... il m'avait laissée pour quelques jours dans une campagne, aux soins d'une de ses parentes.

MARGUERITE.

Eh bien?...

ANNA.

Eh bien, je ne sais pas si je dois te raconter le reste.

MARGUERITE.

En quelle autre que moi aurez-vous plus de confiance?

ANNA.

La guerre venait d'éclater, on se battit aux portes mêmes du parc où nous étions..... et un jeune militaire, dangereusement blessé... c'était un de nos soldats... un compatriote... pouvais-je ne pas le secourir?..... et puis te l'avouerai-je! malgré moi je pensais à Julien... Julien devait être de son âge, et je me disais : Peut-être le fils de mes maîtres est-il ainsi malheureux, et sans secours...

MARGUERITE.

Quoi! vous pouvez penser...

ANNA.

Calme-toi, ce n'était pas lui, car je sais son nom : mais le retour de Gaveston nous fit partir sur-le-champ; et depuis je n'ai plus revu mon jeune officier, qui aura pris ma présence pour un songe, et qui sans doute m'a déja oubliée...

MARGUERITE.

Tandis que vous... je devine, vous y pensez encore, vous l'aimez peut-être, et c'est ce qui me fait du chagrin.

ANNA.

Et pourquoi?

MARGUERITE.

Il me semblait que vous n'auriez jamais aimé que Julien... du moins c'étaient là mes idées, et vingt fois j'ai rêvé à votre union...

ANNA.

Qu'oses-tu dire?.... lui, héritier des comtes d'Avenel... et moi, pauvre orpheline, sans bien, sans naissance... c'est ainsi que je reconnaîtrais les bontés de mes bienfaiteurs!..... non, Marguerite; Julien, autrefois mon ami, mon frère, est maintenant mon seigneur, mon maître.... c'est comme tel que nous devons le respecter, le servir, et nous sacrifier, s'il le faut, pour sauver son héritage!

MARGUERITE.

Et par quels moyens?..... c'est demain que

l'on vend son domaine... un autre que lui va acquérir les droits et sur-tout le titre de comte d'Avenel ; et si Julien existe encore, s'il revient jamais, il ne sera plus qu'un étranger dans le château de ses pères.

ANNA.

Qui sait ? pourquoi perdre courage ? moi, j'ai bon espoir.

MARGUERITE.

Que voulez-vous dire ?

(On entend un son de cor.)

ANNA.

Tu le sauras..... Entends-tu ?..... on ferme la porte du château... Gaveston vient de rentrer... écoute-moi bien, Marguerite : dans un instant peut-être quelqu'un des environs viendra réclamer l'hospitalité au nom de saint Julien d'Avenel...

MARGUERITE.

Qui vous l'a dit ?

ANNA.

Tu le feras entrer, et tu tâcheras qu'on lui donne cet appartement.

MARGUERITE.

Oui, mademoiselle, oui, soyez tranquille.... je l'attendrai, s'il le faut, toute la nuit.... Pour vous et pour Julien qu'est-ce que je ne ferais pas !...

ANNA.

Pars... C'est Gaveston.

MARGUERITE.

Adieu ! adieu... mon enfant.

(Elle sort.)

SCÈNE III.

ANNA, GAVESTON.

GAVESTON.

Ah ! ah ! Miss, vous n'êtes point encore retirée dans votre appartement ?

ANNA.

Vous le voyez... je causais avec Marguerite...

GAVESTON.

Qui sans doute vous racontait, comme hier, des histoires de revenants et de la dame blanche ! Se peut-il, miss Anna, que vous ajoutiez foi à de pareilles rêveries ?

ANNA.

Moi !

GAVESTON.

Oui ; je vous ai vue, hier, si émue, si attentive au moment où elle nous a raconté l'histoire du fermier Dikson et de ses pièces d'or, qu'en honneur vous aviez l'air de croire à cette aventure miraculeuse.

ANNA, souriant.

Miraculeuse !.... Non, car je sais mieux que personne qu'elle est véritable.

GAVESTON.

Allons donc !

ANNA, vivement.

Vingt fois la comtesse d'Avenel m'a raconté ce dernier trait de bonté de son mari, lorsque, la nuit même de son départ, poursuivi... errant dans ces ruines... il entendit un pauvre fermier près de périr faute d'une somme d'argent.... et c'est pour ne pas être reconnu qu'il lui jeta sa bourse au nom de la dame blanche d'Avenel... Ah ! si tout sentiment de reconnaissance n'est pas éteint dans le cœur du fermier Dikson... (à part.) celui-là doit me servir.

GAVESTON.

Oh ! rassurez-vous... il n'est pas ingrat, c'est un des fidèles croyants de la dame blanche... c'est lui qui cabale avec les fermiers des environs, et qui fait courir le bruit dans le pays qu'il m'arrivera malheur d'oser mettre en vente un château qu'elle protège... mais c'est ce que nous verrons... je viens de souper chez M. MacIrton, le juge de paix, et nous avons pris nos arrangements pour que la vente commençât demain au point du jour.

ANNA, à part.

O ciel ! (Haut.) Ainsi donc, vous jadis l'intendant de ce château, vous allez en devenir le propriétaire ; vous allez acheter à vil prix le domaine et le titre de votre bienfaiteur !...

GAVESTON.

Écoutez, miss Anna, vous savez que je n'aime pas les phrases, et que je tiens au positif ; je ne suis que Gaveston l'intendant, c'est vrai ; mais quand l'intendant Gaveston aura acheté et payé ce domaine, qui donne le titre de lord et l'entrée au parlement, tous les gens du pays, si fiers et si dédaigneux, me salueront humblement comme comte d'Avenel, et oublieront bien vite leur ancien maître : la raison, c'est que je suis riche et qu'il ne l'est plus ; chacun son tour : d'ailleurs, avant son départ, le comte d'Avenel avait vendu des biens immenses qu'il avait en Angleterre : qu'a-t-il fait de cet argent ?

ANNA.

Il l'a employé au service du Prétendant, vous le savez bien.

GAVESTON.

J'en doute..... à moins que vous n'en ayez trouvé la preuve dans cet écrit que vous a confié la comtesse d'Avenel.

ANNA.

A moi !

GAVESTON.

Oui ; nierez-vous que dans ses derniers moments elle vous ait remis un papier mystérieux ?

ANNA.

C'est la vérité...

GAVESTON.

Et qu'en avez-vous fait ?

ANNA.

Selon ses ordres, après sa mort, je l'ai lu ; et comme elle m'avait fait jurer de ne confier à secret à personne... pas même à la plus intime amitié... j'ai déchiré cette lettre... à l'instant.

GAVESTON.

Et moi, que nos magistrats ont nommé votre tuteur.... puis-je vous demander quel en était le contenu?

ANNA.

Non, monsieur.

GAVESTON.

Et pourquoi?

ANNA.

C'est que vous ne le sauriez pas.

GAVESTON.

Fort bien, miss Anna; sous votre air doux et timide vous cachez plus de fermeté et de résolution que je ne l'aurais soupçonné.... mais dorénavant je prendrai mes précautions. (On entend une cloche en dehors.) Eh mais! quel est ce bruit?

DUO ET TRIO.

ANNA.

C'est la cloche de la tourelle
Qui tout-à-coup a retenti.
(A part, pendant que Gaveston va regarder à la fenêtre.)
A notre rendez-vous fidele
C'est celui que j'attends ici

GAVESTON.

Il est minuit! dans ma demeure
Qui peut venir à pareille heure?

ANNA.

Quelque voyageur sans abri.

GAVESTON.

Eh bien, qu'il loge ailleurs qu'ici.

ANNA.

Pour lui je vous demande grace.
Vous qui voulez prendre la place
Des anciens maîtres de ces lieux,
Imitez-les, faites comme eux:
Si chacun ici les révère,
C'est que leur porte hospitalière
S'ouvrait toujours aux malheureux.

(Gaveston s'éloigne sans lui répondre.)

ENSEMBLE.

ANNA, GAVESTON.

ANNA, à part.

Il hésite... il balance,
Il ne voudra jamais:
Il n'est plus d'espérance,
Adieu tous mes projets.

GAVESTON.

De cette complaisance
Je me repentirais;
Il faut de la prudence
Pour servir mes projets.

SCÈNE IV.

Les Précédents, MARGUERITE.

MARGUERITE.

Un beau jeune homme et de bonne tournure,
Pendant l'orage et par la nuit obscure,
Demande asile en ce noble castel,
En invoquant saint Julien d'Aveuel.

ANNA, à part.

Je l'avais dit! c'est Dikson... c'est lui-même!

MARGUERITE.

Moi, je l'ai fait entrer dans la salle à côté.

GAVESTON.

Sans m'avoir consulté?
Je punirai cette impudence extrême,
Et je prétends qu'il sorte à l'instant même

ANNA.

Y pensez-vous? déjà dans le pays
N'avez-vous pas bien assez d'ennemis?
Ne voulez-vous pas qu'on vous aime?

GAVESTON.

De me haïr... il leur est bien permis.

ANNA.

Eh bien! souffrez qu'il entre en ce logis,
Et dès demain vous aurez connaissance
Du billet qu'en mes mains la comtesse a remis.

GAVESTON, vivement.

Vous le jurez?...

ANNA.

Je le promets d'avance.

GAVESTON.

A vos desirs il faut se conformer;
Et puisqu'il faut ici se faire aimer,
Qu'il entre donc!...

MARGUERITE.

Dieu! quelle bienfaisance!...

GAVESTON.

Où le placer?

ANNA et MARGUERITE.

Dans cet appartement.

GAVESTON, à Anna.

Soit! mais rentrez dans le vôtre... à l'instant!

ENSEMBLE.

ANNA, GAVESTON, MARGUERITE

ANNA.

A la douce espérance
Je renais désormais:
Céleste Providence,
Seconde mes projets.

GAVESTON.

A cette complaisance
Je n'ai point de regrets,
Puisque la bienfaisance
Peut servir mes projets.

MARGUERITE.

O toi, dont la puissance
Égale les bienfaits,
Céleste Providence,
(Montrant Anna.)
Seconde ses projets.

(Anna sort par l'appartement à droite et George entre par la porte du fond).

SCÈNE V.

GAVESTON, GEORGES, MARGUERITE.

MARGUERITE.

Entrez, entrez, monsieur, je vous demande pardon de vous avoir fait attendre.

GEORGES.

Il n'y a pas de mal, ma brave femme, j'étais occupé à admirer cet antique édifice... Le beau château! les belles voûtes! jusqu'à ces ruines que j'ai traversées pour arriver jusqu'ici... c'est admirable! (Apercevant Gaveston.) Pardon, monsieur, de ne pas vous avoir salué d'abord... c'est à vous sans doute que je dois l'hospitalité?

GAVESTON.

Oui, monsieur. (A part.) J'y pense maintenant... si c'était quelque acquéreur, quelque riche capitaliste qui vint pour surenchérir.... (Haut.) Qui ai-je l'honneur de recevoir?

GEORGES.

Un officier de sa majesté, un sous-lieutenant au quinzième d'infanterie.

GAVESTON, à part.

Un sous-lieutenant je suis tranquille. (Haut.) Monsieur, à ce qu'il paraît, n'est pas Écossais?

GEORGES.

Non vraiment, je ne suis jamais venu en ce pays, et je ne puis vous dire l'effet qu'a produit sur moi cet ancien édifice.

GAVESTON.

Et comment vous êtes-vous trouvé à une pareille heure à la porte de ce vieux château?

GEORGES.

Comment.... je n'en sais trop rien... mais j'ai idée que c'est pour vous rendre service.

GAVESTON.

A moi?

GEORGES.

A vous-même!... Un autre vous dirait que c'est la nuit et le mauvais temps.... mais ce n'est pas vrai; et moi, comme militaire, je dis toujours la vérité.

GAVESTON.

Toujours?

GEORGES.

Oui, monsieur; même en amour, je suis d'une franchise!... Ce n'est pas qu'au régiment ils ne prétendent que ça me fera du tort, et que ça nuira à mon avancement; mais ça me regarde... Revenons à vous... je n'entends parler dans le pays que des sortiléges, des apparitions de la dame blanche, et je veux passer la nuit dans ce château pour me trouver en tête-à-tête avec elle.

GAVESTON.

Si ce n'est que cela, vous ne risquez rien, elle n'a garde de se montrer.

GEORGES.

Vous croyez?... c'est ce qui vous trompe, car elle m'a donné rendez-vous...

GAVESTON, riant.

Un rendez-vous? (A part.) Allons, allons, c'est quelque original dont les idées ne sont pas bien nettes. (Haut.) Adieu, mon officier, minuit a sonné depuis long-temps, et je suis obligé de vous quitter, attendu que demain nous serons réveillés avant le point du jour.

GEORGES.

Et pourquoi?

GAVESTON.

Pour tout disposer; car, de grand matin nous aurons beaucoup de monde au château... des affaires importantes... on va vous dresser un lit dans cet appartement.

GEORGES.

A moi!... pensez-vous! ce fauteuil me suffit, je serai mieux là qu'au bivouac.... d'ailleurs les revenants que j'attends pourraient bien être des contrebandiers ou des montagnards de la bande de Rob-Roy, et je veux être sur pied pour les recevoir...

GAVESTON.

Adieu donc... bonne nuit, et sur-tout bonne chance; mais si vous voyez la dame blanche d'Avenel, dites-lui bien de ma part... (Apercevant Marguerite, qui depuis le commencement de la scène regarde attentivement Georges.) Eh bien, qu'as-tu donc depuis une heure à regarder ainsi monsieur?...

MARGUERITE.

Rien... mais ça m'a l'air d'un brave jeune homme, et je ne sais pas pourquoi j'ai du plaisir à le voir.

GAVESTON.

Allons... allons, rentrons, il est tard.

MARGUERITE, montrant à Georges la lampe qu'elle tient à sa main.

Voulez-vous que je vous laisse...

GEORGES.

Non, non, les revenants n'aiment pas les lumières, ça leur fait peur. A demain, mon cher hôte, soyez sûr que je vous donnerai des nouvelles, fussent-elles de l'autre monde.

(Gaveston et Marguerite sortent par le fond, et l'on entend fermer les portes.)

SCÈNE VI.

GEORGES, seul.

(Il fait nuit totale. Pendant la ritournelle de l'air suivant Georges va rallumer le feu qui s'éteint, pose ses deux pistolets sur la table, etc.)

CAVATINE.

Viens, gentille dame;
Ici je réclame
La foi des serments.
A tes lois fidèle,
Me voici, ma belle!
Parais... je t'attends!

Que ce lieu solitaire
Ne me ça tour mystère

Ont de charmes pour moi !
Oui , je sens qu'à ta vue
L'ame doit être émue,
Mais ce n'est pas d'effroi...

Viens , gentille dame , etc.

Déja la nuit plus sombre
Sur nous repand son ombre :
Qu'elle tarde à venir !
Dans mon impatience,
Le cœur me bat d'avance
D'attente et de plaisir..

Viens , gentille dame , etc.

(A la fin de la cavatine on entend un air de harpe, et
Anna paraît.)

SCÈNE VII.

GEORGES ; ANNA , sortant par le panneau à droite
qui tourne sur un pivot. Elle est habillée en blanc, et a
la tête couverte d'un voile.

GEORGES.

Non... ce n'est point une illusion... c'est elle-
même. Je distingue dans l'ombre et sa démar-
che légère et ses vêtements blancs.

ANNA , à part.

C'est lui : osera-t-il me suivre ? oui ; si ce
n'est par reconnaissance, ce sera du moins par
frayeur pour la dame blanche.

GEORGES.

Elle approche....

ANNA.

Dikson... Dikson... est-ce toi ?

GEORGES.

Non, ce n'est pas lui... mais je viens à sa
place.

ANNA.

O ciel ! et qui donc êtes-vous ?

GEORGES.

Habile magicienne, comment ne sais-tu pas
mon nom ?

ANNA.

O ciel ! quelle est cette voix ?

GEORGES.

Faut-il dire qu'on m'appelle Georges Brown ?

ANNA.

Georges... dans ces lieux ! n'est-ce point un
songe ? (Faisant un pas vers lui.) Ah ! si j'osais....
(s'arrêtant.) non.. je ne dois pas, même pour
lui... oublier mon serment.

GEORGES , écoutant.

Eh bien ? elle se tait... hein ?

ANNA.

Tu as bien fait de ne pas me tromper, car
moi qui sais tout, crois-tu que je ne connaisse
pas Georges Brown , sous-lieutenant au service
d'Angleterre ?...

GEORGES.

Je ne reviens pas de ma surprise.

ANNA.

Dans le Hanovre... à la bataille d'Hastembek,
où tu t'es distingué.... tu fus blessé près de ton
colonel...

GEORGES.

O ciel !...

ANNA.

Une main inconnue te rappela à la vie... ! !
prodigua des soins...

GEORGES , s'avançant.

C'en est trop, et quel que soit ce mystère...

ANNA.

Arrête, ou je disparais à tes yeux, et tu ne
me reverras jamais.

GEORGES.

J'obéis : mais prends pitié de mon trouble;
cette divinité protectrice qui prit soin de mes
jours... où est-elle ? depuis trois mois je la pour-
suis en vain... par-tout il me semble et la voir et
l'entendre... dans ce moment encore, je ne sais
si c'est une illusion... mais je crois reconnaître
sa voix...

ANNA.

Peut-être l'ai-je prise pour te plaire...

GEORGES.

Si tu es elle-même.... c'est ce que j'ignore....
mais qui que tu sois, donne-moi les moyens de
la revoir. .

ANNA.

Cela dépend de toi.

GEORGES.

Que faut-il faire ? où faut-il te suivre ?

ANNA.

Me suivre !... (A part.) Oh ! maintenant je
n'ose plus... et je dois changer de projet. (Haut.)
Demain tu recevras mes ordres... et quels qu'ils
soient...

GEORGES.

Je jure de m'y soumettre ! fée... magicienne...
ou dame blanche... je te suis dévoué. Pour revoir celle que j'aime et pour la posséder, je
crois , s'il le fallait, que je me donnerais à toi.

ANNA.

Ce ne serait peut-être pas un mauvais moyen..
mais ce n'est pas là ce que je te demande.
Écoute-moi.

RÉCITATIF.

Ce domaine est celui des comtes d'Avenel;
Un avide intendant, au cœur dur et cruel,
Veut les en dépouiller; mais mon pouvoir propice
Protége l'orphelin et confond l'injustice.
Parle ! veux-tu demain seconder mon espoir ?

GEORGES.

Défendre le malheur est mon premier devoir.

DUO.

ANNA.

Toujours soumis à ma puissance,
Tu promets donc de me servir ?

GEORGES.

Je te promets obéissance :
A quel danger faut-il courir ?

ANNA.

De tes serments... de ton courage
M'oseras-tu donner un gage ?

GEORGES.

Parle.

ANNA.

Oserais-tu bien ici
Me donner ta main?...

GEORGES, *détournant la tête, et avançant intrépidement.*

La voici.

ENSEMBLE.

GEORGES, ANNA.

GEORGES.

Mais que cette main est jolie !
Pour un lutin quelle douceur !
Est-ce l'amour ou la magie
Qui fait ainsi battre mon cœur ?

ANNA.

De l'amour la douce magie
Pourrait aussi troubler mon cœur.

Fuyons, laissons-lui son erreur.

(Anna va pour sortir; Georges traverse le théâtre et se met devant elle.)

GEORGES.

Arrête !...

ANNA, *tremblante.*

O ciel ! ma frayeur est extrême.
Que me veux-tu ?

GEORGES.

Tantôt tu promis qu'à mes yeux
Apparaîtrait celle que j'aime.
Où la verrai-je ?

ANNA.

Dans ces lieux.

GEORGES.

Comment ?

ANNA.

Eh bien ! c'est elle-même,
C'est elle qui demain viendra
T'apporter mon ordre suprême ;
Aussi, quand elle apparaîtra,
Qu'on obéisse...

GEORGES.

A l'instant même ;
Mais tu promets qu'elle viendra ?

ANNA.

Oui, de ma part elle viendra.

GEORGES.

Je crois au serment qui t'engage,
Mais il m'en faut encore un gage.

ANNA.

Parle.

GEORGES.

Oserais-tu bien ici
Me donner ta main?...

ANNA, *un peu tremblante.*

La voici.

ENSEMBLE.

GEORGES, ANNA.

GEORGES.

Ah ! que cette main est jolie !
Pour un lutin quelle douceur !

Est-ce l'amour ou la magie
Qui fait ainsi battre mon cœur ?

ANNA.

Mais de l'amour, de sa magie
Craignons le charme séducteur.

Fuyons... laissons-lui son erreur.

(Anna passe derrière lui, rentre par la porte à gauche, et l'on entend le même bruit de harpe qu'à son arrivée. A la fin du duo, on frappe à la porte du fond et l'on tire les verroux.)

SCÈNE VIII.

GEORGES, GAVESTON.

GEORGES.

Elle s'éloigne... elle a disparu...

GAVESTON.

Mon jeune officier... voici le point du jour...

GEORGES.

Déjà !...

GAVESTON.

Je vois que je vous ai réveillé...

GEORGES.

Hélas ! oui... un joli rêve... si c'en est un.

GAVESTON.

Eh bien, comment avez-vous passé la nuit ?

GEORGES.

Une nuit charmante, quoique un peu agitée... car, en honneur, je n'ai pas eu le temps de dormir.

GAVESTON.

Je conçois ; le souvenir de la dame blanche vous a poursuivi ?

GEORGES.

Son souvenir !... mieux que cela.

GAVESTON.

Que voulez-vous dire ?

GEORGES.

Tenez, mon cher hôte, comme vous et beaucoup d'autres esprits forts allez probablement vous moquer de moi, je commence le premier : je vous dirai donc en confidence, qu'à dater d'aujourd'hui je me déclare le chevalier de la dame blanche.

GAVESTON.

Est-ce que par hasard vous l'auriez vue ?

GEORGES.

Non.... je ne l'ai pas vue.... mais j'ai passé une heure avec elle... une conversation charmante, un ton excellent, ce qui prouverait que dans l'autre monde il y a fort bonne société...

GAVESTON.

Ah ! çà, permettez, êtes-vous bien sûr d'être dans votre bon sens ?

GEORGES.

Ma foi... je vous le demanderai... car je ne sais plus m'en rapporter à moi-même.

GAVESTON.

J'espère, cependant, que vous ne croyez pas à la dame blanche... c'est impossible.

GEORGES.

Vous avez raison, c'est impossible... aussi, je suis comme vous, je n'y crois pas, mais j'en suis amoureux...

GAVESTON.

Amoureux de la dame blanche!

GEORGES.

C'est à-dire, d'elle, ou de mon inconnue; peut être de toutes les deux, je ne vous dirai pas au juste... Par exemple, je dois vous en prévenir, vous n'êtes pas dans ses bonnes grâces; elle vous traite fort mal.

GAVESTON.

Moi?...

GEORGES.

Elle prétend... mais c'est elle qui parle, que vous êtes un homme injuste... avide.. intéressé.. que dans la vente qui va avoir lieu ce matin vous voulez vous rendre acquéreur... pour dépouiller votre ancien maître.

GAVESTON.

On pourrait supposer...!

GEORGES.

Rassurez-vous : elle dit que votre espoir sera déçu, et qu'elle empêchera bien l'héritage des comtes d'Avenel de tomber entre vos mains.

GAVESTON.

Ah! la dame blanche vous a dit cela?

GEORGES.

Ces propres paroles ou à peu près.

GAVESTON.

Eh bien, l'événement prouvera qui d'elle ou de moi a le plus de pouvoir... car dans une heure ce riche domaine m'appartiendra... Tenez, tenez... voyez-vous dans la cour du château M. Mac Irton, le juge de paix, qui doit présider à cette vente, et tous les gens du pays qui viennent y assister!

GEORGES.

Ce sont vos affaires... arrangez-vous... Je vais faire un tour de parc en attendant les ordres de ma dame invisible, car elle m'a promis de me les envoyer.

GAVESTON.

Vraiment?

GEORGES.

Oui, par un messager charmant, par ma belle inconnue, qu'il me tarde de voir paraître.

GAVESTON, à part.

Allons, allons.. je lui supposais d'abord quelque arrière pensée.. mais décidément il a perdu l'esprit. (haut.) Eh bien! mon jeune officier, pourquoi ne restez-vous pas ici? vous verrez par vous même qui aura raison de la dame blanche ou de moi.

GEORGES.

Au fait... c'est un spectacle comme un autre... je n'ai jamais été à une vente publique.

GAVESTON.

Jamais?

GEORGES.

Non, sans doute... et il y avait de bonnes raisons.

GAVESTON.

Asseyez vous aux premières places.

SCÈNE IX.

GEORGES, GAVESTON, DIKSON, MARGUERITE, JENNY ; Chœur de Fermiers et de Vassaux.

CHŒUR.

Nous quittons nos travaux champêtres,
Nous accourons en ce castel,
Savoir quels sont les nouveaux maîtres
Du beau domaine d'Avenel.

MARGUERITE.

Hélas! quelle douleur j'éprouve!
Voici donc le moment fatal!

JENNY, apercevant Georges.

C'est vous, monsieur!... je vous retrouve!
Eh bien, ce mystère infernal?

DIKSON.

Qu'avez-vous vu? parlez, de grâce!

GEORGES.

Vous le saurez. Mais, en honneur,
J'ai bien fait de prendre sa place,
Car il en serait... de peur.

DIKSON.

Vois-tu, ma femme? quelle horreur!

JENNY.

Mais taisons-nous! faisons silence;
Car voici monsieur Mac-Irton,
Le juge de paix du canton.

(Entrent Mac-Irton et tous les gens de justice. Ils sont se placer sur des sièges préparés autour d'une table au milieu du théâtre. Gaveston se tient debout à gauche, non loin de lui. A droite, sur le premier plan, Georges assis sur un fauteuil; Dikson environné de tous les fermiers.)

LES FERMIERS, à Dikson.

Tu vas bien te montrer, je pense?

D'AUTRES FERMIERS.

Tu connais quels sont tes devoirs?

DIKSON.

Ne craignez rien, j'ai vos pouvoirs,
J'irai jusqu'à quelle concurrence
Il nous est permis d'enchérir.

MAC-IRTON.

Messieurs, la séance commence.

GEORGES.

Comment cela va t-il finir?

CHŒUR.

De crainte et d'espérance
Je sens battre mon cœur;
Du combat qui commence
Quel sera le vainqueur?

MAC-IRTON, *se levant et lisant un parchemin.*

De par le roi, les lois et la cour souveraine,
Faisons savoir qu'on va procéder sur-le-champ
  A la vente de ce domaine,
à la vente publique ainsi qu'au plus offrant
  Et dernier enchérisseur.

MARGUERITE.

Hélas ! j'en suis toute tremblante...

MAC-IRTON.

Nous avons acquéreur
A vingt mille écus !

DIKSON.

Moi, j'en mets vingt-cinq !

GAVESTON.

Moi trente !

DIKSON.

Trente-cinq !

GAVESTON.

Quarante !

DIKSON.

Quarante-cinq !

GAVESTON.

Cinquante !

DIKSON.

Cinquante-cinq !

GAVESTON.

Soixante !

Ils ont l'air interdits.

LES FERMIERS, à Dikson.

Allons ! allons !... encor... courage !

DIKSON.

Voulez-vous risquer davantage ?
Soixante-cinq !

GAVESTON.

Soixante-dix !

DIKSON.

Quatre-vingt-cinq !

GAVESTON.

Quatre-vingt-dix !
  Ils ont beau faire,
  Je l'aurai.
Oui, je serai propriétaire,
  C'est moi qui l'emporterai.

DIKSON.

Je commence à perdre courage.

LES FERMIERS.

Allons... encor... quelque chose de plus !

DIKSON.

Eh bien, quatre-vingt-quinze !

GAVESTON.

Et moi, cent mille écus !

LES FERMIERS.

O ciel ! nous ne pouvons enchérir davantage !

MARGUERITE.

C'en est fait, nous sommes perdus !

MAC-IRTON, *lentement à l'assemblée.*

Cent mille écus ! cent mille écus !

GEORGES.

Je tremble.

GAVESTON, *s'approchant de lui.*

Eh bien, mon jeune ami... parlez : que vous en semble
Malgré la dame blanche et son nom révéré,
Je l'avais dit : c'est moi, moi qui l'emporterai.

GEORGES, à part.

Il a raison, et je crains fort
Que la dame blanche n'ait tort.

MARGUERITE et LE CHOEUR DES VASSAUX.

Non, plus d'espoir !

DIKSON et LES FERMIERS.

Plus de courage !

DIKSON.

La bougie est près de finir.

GAVESTON.

Le château va m'appartenir.

GEORGES.

Morbleu ! j'enrage ! j'enrage !
Qui donc pourrait surenchérir ?

(*Pendant ce temps Anna, qui a repris le même costume qu'à la seconde scène de cet acte, est sortie de sa chambre à droite, et s'est approchée doucement derrière Georges; elle se tient près de lui, et lui dit à demi-voix.*)

ANNA.

Toi !

GEORGES, *se retournant et l'apercevant.*

Que vois-je ! ô surprise extrême !
C'est elle !... c'est celle que j'aime !

ANNA, de même.

Du silence !... tu sais qui m'envoie... obéis.

GEORGES.

Quoi ! vous voulez...

ANNA.

Tu l'as promis.

MAC-IRTON, répétant.

Cent mille écus ! cent mille écus !

GEORGES, *se levant et passant au milieu du théâtre.*

Arrêtez... moi, je mets mille livres de plus !

TOUS.

O ciel !...

ENSEMBLE.

GAVESTON, GEORGES, ANNA, MARGUERITE et LE CHOEUR.

GAVESTON.

O ciel ! quel est ce mystère,
Et ce nouvel acquéreur ?
Dans ces lieux que veut-il faire ?
Rien n'égale ma fureur.

GEORGES.

A ce singulier mystère
Je ne conçois rien, d'honneur !
(*Regardant Anna.*)
Je vois celle qui m'est chère,
Cela suffit à mon cœur.

ANNA, bas à Georges.

Sache obéir et te taire.
Tu l'as promis sur l'honneur.

C'est le moyen e me plaire
Et de mériter ton cœur.

MARGUERITE et LE CHŒUR.

Mais quel est donc ce mystère
Et ce nouvel acquéreur?
Que le sort lui soit prospère,
C'est le vœu de notre cœur.

GAVESTON, regardant Georges.

Quel qu'il soit, je rendrai cette ruse inutile.
Puisqu'il le faut... quinze cents francs!

GEORGES.
Deux mille!

GAVESTON.
Trois!

GEORGES.
Quatre!

GAVESTON.
Cinq!

GEORGES.
Six!

GAVESTON.
Sept!

GEORGES.
Huit!

GAVESTON.
Neuf!

GEORGES.
Dix!

GAVESTON.
Je ne puis contenir ma rage!
Je mets vingt-cinq!

ANNA, bas à Georges.
Va toujours, du courage!

GEORGES.
Trente!

GAVESTON.
Quarante!

ANNA, bas à Georges.
Encore, encor!

GEORGES.
Cinquante!

GAVESTON.
Soixante!

ANNA, bas à Georges.
Encore!...

GEORGES.
Quatre-vingt!

GAVESTON.
Quatre-vingt-dix!

GEORGES.
Quatre cent mille francs!...

ANNA, bas à Georges.
C'est bien, je suis contente.
Va, toujours!... oui, toujours!...

GAVESTON.
De fureur je frémis!
Eh bien! quatre cent cinquante!...

LA DAME BLANCHE.

GEORGES, allant surenchérir.
Eh bien! moi, s'il le faut...

GAVESTON, allant à lui.
Arrêtez! laissez-moi
Sur un pareil objet éclairer son jeune âge;
Il ignore ce qu'il engage.
(A Mac-Irton.)
Monsieur, lisez-lui la loi.

MAC-IRTON, lisant.

«Le jour même, à midi, le prix de cette vente
«Sera payé comptant en nos mains, ou sinon,
«Et faute de fournir caution suffisante,
«Le susdit acquéreur sera mis en prison.»

GEORGES.
En prison!

ANNA, bas à Georges.
Il n'importe.

GEORGES, à part.
Alors, dès qu'on l'ordonne...
(Haut.)
A cinq cent mille francs!

MAC-IRTON.
Personne
Ne dit mot?

MARGUERITE.
Quel bonheur!

GEORGES, bas à Gaveston.
Convenez sans façon
Que la dame blanche a raison.

GAVESTON, avec dépit.
Il le faut... j'abandonne.

MAC-IRTON, à Georges.
Votre nom, votre rang?

GEORGES

Georges Brown, sous-lieutenant;
Douze cents francs
D'appointements;
Et l'on ne dira pas que je fais des folies,
Car j'achète un château sur mes économies.

MAC-IRTON, bas à Gaveston.
Vous le voyez, j'y suis bien obligé.
(A haute-voix.)   (Montrant Georges.)
Puisqu'il le faut donc... Adjugé.

ENSEMBLE.

DIKSON, MARGUERITE, FERMIERS, MAC-IRTON
GAVESTON.

DIKSON, MARGUERITE, FERMIERS.

Ah! pour nous quel jour prospère!
Ce choix fait notre bonheur,
Car nous aurons, je l'espère,
Un brave et digne seigneur.

GEORGES, à Anna.

A ce singulier mystère
Je ne conçois rien, d'honneur!
Je vois celle qui m'est chère,
Cela suffit à mon cœur.

MAC-IRTON, GAVESTON.

Mais quel est donc ce mystère?
Qu'il redoute ma fureur!
Rien n'égale la colère
Qui s'empare de mon cœur.

ANNA.

Dieu puissant, Dieu tutélaire,
Puissé-je, au gré de mon cœur,
D'un maître que je révère
Sauver les biens et l'honneur!

ACTE TROISIÈME.

Le théâtre représente un riche appartement gothique, une porte au fond; au-dessus de la porte, une galerie qui tient tout le fond du théâtre, et à laquelle on monte par deux escaliers latéraux; au bas des escaliers quatre piédestaux, dont trois seulement portent des statues; à gauche des spectateurs, sur le premier plan, une petite porte secrète.

SCÈNE I.

ANNA, seule; même costume qu'à la deuxième scène du second acte.

(Elle arrive précipitamment sur la ritournelle, et regarde avec joie et surprise l'appartement où elle se trouve.)

RÉCITATIF.

Grand Dieu que j'implorai, recevez mon hommage!
Vous n'avez pas permis que ce bel héritage
Retombât dans les mains d'indignes ravisseurs.
Et vous, du haut des cieux, qui sont votre partage,
Et vous, mes nobles bienfaiteurs :

AIR.

Comme aux beaux jours de mon jeune âge,
Daignez encor guider mes pas;
Venez achever votre ouvrage,
Venez, ne m'abandonnez pas.
En revoyant ce noble asile,
De mon bonheur je me souvien :
Que de fois ce séjour tranquille
A redit le nom de Julien!
    Julien! Julien!
    L'écho fidèle
    Ne l'a pas oublié;
    Il me rappelle
    Nos jeux, notre amitié.

Comme aux beaux jours de mon jeune âge, etc.

SCÈNE II.

ANNA, MARGUERITE.

ANNA.

Ah! Marguerite, je t'attendais...

MARGUERITE.

J'entre comme vous dans le château, dont M. Mac-Irton vient de lever les scellés..... Eh bien, mademoiselle, voilà ces riches appartemens que vous aviez tant d'envie de parcourir... C'est ici que je vous ai élevée, ainsi que mon pauvre Julien, jusqu'à l'âge de six ans..... Mais vous m'assurez au moins que ce n'est pas pour son compte que M. Georges a acheté ce domaine?

ANNA.

Non..... c'est pour le rendre à son véritable maître. Qui pouvait surenchérir? ce n'est pas

moi.... mineure et pupille de Gaveston.... par bonheur, Georges est venu à notre secours...

MARGUERITE.

Ce M. Georges est donc bien riche... car enfin il lui faut, aujourd'hui même, à midi... payer cinq cent mille livres, ou la vente est nulle...

ANNA.

Je te dirai, en confidence, qu'il ne possède rien... mais qu'il compte sur moi.

MARGUERITE.

Sur vous?

ANNA.

Oui... Dis-moi, Marguerite, toi qui as longtemps habité ces lieux, tu dois te rappeler dans quel endroit est la statue de la dame blanche? car dans tous les appartements que j'ai déjà parcourus je n'ai pas encore pu la découvrir... et voilà pourquoi je t'attendais...

MARGUERITE.

Elle était placée dans la salle de réception... celle des chevaliers.

ANNA.

Eh! mais... nous y voici!

MARGUERITE.

Alors, c'était là... à droite. (Apercevant le piédestal.) Grand Dieu! la statue a disparu!

ANNA.

O ciel! c'est fait de nous, et tous nos projets sont déjoués.

MARGUERITE.

Que dites-vous?

ANNA.

Qu'ici..... dans ce château, est toute la fortune de la famille d'Avenel... le prix de ces biens immenses vendus en Angleterre, et qu'on estimait deux ou trois millions.

MARGUERITE.

Grand Dieu!...

ANNA.

C'est là le secret qui me fut confié par la comtesse d'Avenel... « Anna, me disait-elle dans sa lettre, si jamais Julien reparaît en Écosse, apprends-lui que dans le nouveau château d'Avenel, et dans la statue de la dame blanche, il retrouvera un coffret d'ébène qui contient, en billets de banque, la fortune de ses pères. »

MARGUERITE, avec douleur.

Et la statue a disparu !...

ANNA.

Oui, et comment ? car nul n'a pu pénétrer dans ce lieu. Cherche bien, Marguerite, n'aurais-tu pas quelque idée, quelque souvenir...?

MARGUERITE.

Attendez donc..... je me rappelle que la nuit du départ du comte d'Avenel...

ANNA.

Parle vite...

MARGUERITE.

Il était tard ; et je sortais du château par un passage secret, connu des gens de la maison, lorsque j'entends des pas lents et mesurés ; je me cache derrière un pilier..... et malgré la nuit, qui était des plus sombres, j'aperçois la statue de la dame blanche qui descendait lentement l'escalier.

ANNA.

Tu as cru la voir.

MARGUERITE.

Non, je l'ai vue ; et le garde-chasse, à qui le lendemain j'ai raconté cette aventure, m'a dit : « C'est juste ; elle a quitté le château parceque les seigneurs d'Avenel s'en vont... elle ne reviendra que quand ils seront de retour. »

ANNA.

Ou plutôt, et c'est là ma crainte, quelqu'un que l'obscurité t'empêchait de distinguer l'aura enlevée pour s'emparer des trésors qu'elle renfermait...

MARGUERITE.

Non, mademoiselle... non, elle s'est abîmée dans la muraille près du passage secret.

ANNA.

Quel passage ? pourrais-tu le reconnaître ?

MARGUERITE.

A quoi bon ?... vous aurez beau faire, la statue ne reviendra que quand Julien sera de retour.

ANNA.

N'importe, reconnaîtrais-tu ce passage ?

MARGUERITE.

Je n'en répondrais pas..... tout ce que je me rappelle, c'est qu'il avait une issue sur cette pièce ; mais en tout cas je n'irai jamais.

ANNA.

Moi, j'irai ; viens, guide-moi, c'est tout ce que je te demande.

MARGUERITE.

Mais, mademoiselle, attendez donc, je ne peux pas vous suivre.

ANNA, l'entraînant.

On vient, te dis-je, et je ne veux pas qu'on nous aperçoive.

(Elles sortent par la porte à gauche.)

SCÈNE III.

GEORGES, Fermiers, Paysans, Habitants du DOMAINE.

CHŒUR.

Vive à jamais notre nouveau seigneur !
De ses vassaux qu'il fasse le bonheur !

GEORGES, à part, en entrant.

Allons... gaîment recevons leur hommage ;
Je suis seigneur, il faut tenir l'emploi.
(Aux paysans.)
Les braves gens dont j'acquiers l'héritage,
Mes bons amis, valaient bien mieux que moi.
(Regardant autour de lui.)
Dieu ! qu'est-ce que je vois ?

CHŒUR.

Mais qu'a-t-il donc ?

GEORGES.

Ces lambris magnifiques...
Ces chevaliers... ces armures gothiques...
C'est fait de moi... je n'y suis plus...
Mais déja... j'en suis sûr... déja je les ai vus !

ENSEMBLE.

GEORGES, CHŒUR.

GEORGES.

D'où peut naître cette folie ?
Et d'où vient ce que je resseus ?
Dame blanche, est-ce ta magie
Qui vient encor troubler mes sens ?

CHŒUR.

Il admire ces lieux charmants :
Combien sa vue est éblouie
De ces riches appartements !

MARCHE.

(Des jeunes filles viennent offrir à Georges les clefs du château, et pendant ce temps le chœur commence le chant suivant.)

CHŒUR.

Chantez, joyeux ménestrel,
Refrain d'amour et de guerre !
Voici venir la bannière
Des chevaliers d'Avenel.

GEORGES, avec émotion.

Quel est donc ce refrain ?

CHŒUR.

C'est le chant ordinaire
De la tribu d'Avenel.

GEORGES.

O moments pleins de charmes !...
Où donc ai-je entendu cet air qui, malgré moi,
De mes yeux fait couler mes larmes ?

CHŒUR, reprenant l'air.

Chantez, joyeux ménestrel, etc.

GEORGES, les arrêtant.

Attendez... j'achèverais je croi
Tra, la, la, la, la, la, la,
(Se trompant).
Non ce n'est pas cela...
(Se reprenant).
Tra, la, la, la, la, la, la...

ENSEMBLE

CHŒUR, GEORGES.

CHŒUR.

Il est sensible à nos accents ;
Des vieux airs de notre patrie
Il aime à redire les chants.

GEORGES.

D'où peut naître cette folie ?
Et d'où vient ce que je ressens ?
Dame blanche, est-ce ta magie
Qui vient encor troubler mes sens ?
(Gaîment.)

Dans ce castel, mes amis, venez tous ;
Autant qu'à moi ce castel est à vous !
Que les buffets soient dressés sous la treille.

CHŒUR.

Que les buffets soient dressés sous la treille.

GEORGES.

Que l'on commence et la danse et les jeux.

CHŒUR.

Que l'on commence et la danse et les jeux.

GEORGES.

Que chaque fille épouse un amoureux.

CHŒUR DE JEUNES FILLES.

Que chaque fille épous' son amoureux...

GEORGES, à part.

Dans un instant il se peut qu'on m'éveille,
Dépêchons-nous de faire des heureux.

TOUS.

Vive à jamais notre nouveau seigneur !
De ses vassaux il fera le bonheur !

(Tous s'éloignent avec respect en voyant Georges qui est
retombé dans sa rêverie.)

GEORGES, reprenant l'air.

Tra la, la, la, la, la.
Où donc ai-je entendu cet air si plein de charmes,
Qui fait couler mes larmes ?
Tra la, la, la, la, la.

(Il achève l'air à demi-voix, et tous les paysans se reti-
rent par la porte du fond.)

SCÈNE IV.

GEORGES, seul.

C'est inconcevable ! vingt fois dans mon ima-
gination j'ai rêvé un château gothique comme
celui-ci, une galerie comme celle-là... Ma foi,
n'y pensons plus, car je m'y perds... Ces braves
gens ! ils ont déja l'air de m'aimer... et je serais
trop heureux de faire leur bonheur ! Il n'y a que
le chapitre des gratifications qui m'embarrasse :
c'est terrible de parler en grand seigneur et de
payer en sous-lieutenant... Mais il parait que
la dame blanche ne tient pas aux espèces mon-
nayées ; car depuis le temps qu'elle me protège,
elle ne s'est jamais distinguée de ce côté-là...
Ah ! mais, c'est le seigneur Gaveston, qui m'a
l'air d'un acquéreur désappointé.

SCÈNE V.

GEORGES, GAVESTON.

GEORGES, allant à lui.

Eh bien ! mon cher hôte, qu'est-ce que je
vous disais !... vous me voyez enchanté à mon
tour de pouvoir vous recevoir chez moi.

GAVESTON.

Vous vous doutez du sujet qui m'amène : je
viens, monsieur, vous demander l'explication
de votre étrange conduite.

GEORGES.

Mon cher ami, demandez-moi tout ce que
vous voudrez, hors des explications, parceque
de ce côté-là...

GAVESTON.

Je ne croyais pas qu'un militaire dût avoir
recours à la ruse pour cacher ses intentions.

GEORGES.

Halte-là ! je n'ai jamais trompé personne ; je
vous déclare donc que je me suis trouvé, comme
beaucoup de gens, propriétaire d'un instant à
l'autre, et sans savoir comment ; mais je vous
atteste qu'hier au soir, quand je suis arrivé chez
vous, je n'avais pas plus d'intentions... que d'argent... ça, je vous en donne ma parole ; et pour
les preuves, (montrant son gousset.) elles sont là...

GAVESTON, avec joie.

Qu'entends-je !..... vous n'avez pas d'argent !
eh bien, alors, comment paierez-vous ?

GEORGES.

Moi !..... cela ne me regarde pas !..... la dame
blanche y pourvoira. Il parait que dans cette
occasion je suis son homme de confiance, son
chargé d'affaires, car je ne suis acquéreur que
pour son compte.

GAVESTON.

Vous voulez plaisanter ?

GEORGES.

Non, monsieur, et je vois que nous donnons
tous les deux dans les excès opposés : moi, je
crois tout ; et vous, vous ne croyez rien !... c'est
un mal... le sage doit prendre un juste milieu...
je veux bien abandonner un peu de mon opi-
nion... cédez-moi de la vôtre, et convenons tous
les deux qu'il y a quelque chose... quelque chose
que nous ne comprenons pas : mais pour être
heureux on n'est pas obligé de comprendre.

GAVESTON.

Quoi ! monsieur, ce riche domaine...

GEORGES.

A vous parler franchement, je n'y tiens pas
du tout ; et, d'un instant à l'autre, j'attends un
coup de baguette qui va faire disparaître le
château. Ce qui m'importe, c'est de revoir la
dame blanche ou ma belle inconnue... et c'est
dans l'espoir de la rencontrer que je vous demanderai la permission de parcourir mes nouveaux domaines.

GAVESTON, *l'arrétant.*

Un mot encore... si à midi vous ne pouvez
pas payer?

GEORGES.

Le château est là... je ne l'emporte pas, j'en
serai quitte pour le revendre ; il est vrai que si
on me l'achète au prix coûtant.... ce n'est pas
cela qui m'enrichira.

GAVESTON.

Et si en attendant vous ne fournissez pas
caution, M. Mac-Irton, le juge de paix, vous
a dit qu'il y allait de la prison.

GEORGES.

La prison !... eh bien ! tant mieux ! car, en
conscience, la dame blanche doit venir me dé-
livrer, et c'est un moyen de la voir.... Mais tenez... tenez... voici M. Mac-Irton qui a l'air de
vouloir vous parler... Adieu, je vais visiter
mon château, et me hâter de faire le seigneur.

*(Il monte par l'escalier à gauche, et disparaît par la
galerie.)*

SCÈNE VI.

GAVESTON, MAC-IRTON.

GAVESTON.

Je n'y conçois rien, il a une franchise et une
étourderie qui déjouent tous mes calculs. Ah !
c'est vous, monsieur Mac-Irton !

MAC-IRTON, *mystérieusement.*

Oui, êtes-vous seul?

GAVESTON.

Certainement.

MAC-IRTON.

J'ai à vous parler... mais fermons d'abord
toutes les portes.

*(Il va fermer la porte du fond, et Gaveston va regarder au
haut de l'escalier, à gauche, si Georges s'est éloigné. Pendant ce temps, Anna entr'ouvre le panneau qui est sur le
premier plan à gauche.*

SCÈNE VII.

LES PRÉCÉDENTS, ANNA.

ANNA, *à part.*

Voici bien le passage mystérieux qui conduit
dans cette salle... mais hélas ! je n'ai encore rien
trouvé. *(Avançant la tête.)* Que vois-je? Gaveston !
écoutons, et ne nous montrons pas.

(Elle referme le panneau et disparaît.)

GAVESTON, *redescendant le théâtre.*

Eh bien ! qu'avez-vous à m'apprendre?

MAC-IRTON.

D'importantes nouvelles... il faut vous hâter,
ou vous êtes perdu... le fils de vos anciens maîtres, Julien, comte d'Avenel, a reparu en Angleterre.

GAVESTON.

Qui vous l'a annoncé?

MAC-IRTON.

Une lettre de Londres... et des titres authen-
tiques que nous ne pouvons révoquer en doute.
Vous savez que, il y a une douzaine d'années,
Julien d'Avenel fut confié à un serviteur de
son père, Duncan, un Irlandais, que vous con-
naissez...

GAVESTON.

Oui .. après?

MAC-IRTON.

On lui avait remis une somme considérable
pour conduire cet enfant en France et l'y faire
élever secrètement; mais loin de suivre ses in-
structions, Duncan s'était embarqué pour l'A-
mérique, et s'était approprié cette somme.

GAVESTON.

Eh bien ?

MAC-IRTON.

Eh bien ! ce Duncan, de retour d'Angleterre,
a signé, il y a quinze jours, dans l'hospice où il
est mort, une déclaration devant témoins, por-
tant que Julien, comte d'Avenel, son ancien
élève, servait maintenant dans un régiment
d'infanterie.

GAVESTON.

Eh bien ! qu'importe?

MAC-IRTON.

Comment, qu'importe? il sert sous le nom de
Georges Brown.

GAVESTON.

O ciel !

MAC-IRTON.

Comprenez-vous maintenant ?... c'est lui qui
ce matin a surenchéri, et vous devinez dans
quelle intention !

GAVESTON.

Non... vous vous trompez ; rien n'est encore
désespéré, car il ignore et son nom et sa naissance.

MAC-IRTON.

Il se pourrait !

GAVESTON.

Mais il ne peut pas payer... il n'a rien... aucune ressource... il me l'a avoué lui-même... et
quand je serai propriétaire du château et du
titre de comte d'Avenel... peu m'importe alors
que Georges Brown soit reconnu pour un descendant de l'ancienne famille... je le lui appren-
drai moi-même, s'il le faut.

MAC-IRTON.

Vous avez raison.

GAVESTON.

L'important est de se presser... venez tout disposer.

(Ils sortent sur la ritournelle de l'air suivant.)

SCÈNE VIII.

ANNA, *entr'ouvrant le panneau à gauche, et paraissant sur le théâtre.*

RÉCITATIF.

Hélas! quel est mon sort! et que viens-je d'apprendre!
Celui que j'ose aimer est Julien d'Avenel ;
Ce ne sont ces trésors que je voulais lui rendre

Vont mettre entre nous deux un obstacle éternel.
Fais, Dieu puissant, qui connais ma tendresse,
Qu'il ne puisse jamais recouvrer sa richesse,
Qu'il demeure inconnu, sans bien comme aujourd'hui!
la pauvreté du moins me rapproche de lui.

SCÈNE IX.

ANNA, MARGUERITE.

DUO.

MARGUERITE.
Mademoiselle!
Mademoiselle!
J'apporte une bonne nouvelle.

ANNA.
Qu'est-ce donc?

MARGUERITE.
Pour nous quel plaisir!
Julien, Julien va revenir.

ANNA.
O ciel! qui te l'a dit?

MARGUERITE.
Personne:
Et pourtant la nouvelle est bonne,
Ce présage ne peut mentir,
De mes yeux j'ai vu la statue;
La dame blanche est revenue.

ANNA.
Grand Dieu! quel malheur est le mien!
Tu l'as vue?...

MARGUERITE.
Ah! j'en suis certaine,
Dans la chapelle souterraine
Où j'allais prier pour Julien!

ANNA, à part.
Dans cette enceinte respectée
Où, la nuit du départ, le comte, je le vois,
L'avait lui-même transportée...
Allons, tout est fini pour moi!

ENSEMBLE.

MARGUERITE, ANNA.

MARGUERITE.
Pour nous, mademoiselle,
Quelle bonne nouvelle!
J'en mourrai de plaisir,
Julien va revenir!

ANNA.
O souffrance cruelle!
O douleur éternelle!
Oui, dussé-je en mourir,
Allons, il faut partir.

MARGUERITE.
Et puis Julien, la bonté même,
Va sur-le-champ vous marier
A ce jeune et bel officier,
Ce monsieur Georges qui vous aime.
Mais qu'avez-vous? répondez-moi;
Vous pâlissez! oui, je le vois!

ANNA.
A l'instant même, Marguerite,
Prépare tout pour notre fuite.

MARGUERITE.
Que dites-vous?

ANNA.
Il faut que toutes deux,
Tout-à-l'heure, en secret, nous partions de ces lieux.

MARGUERITE.
Y pensez-vous? et pourquoi donc, grands dieux!

ANNA.
Tais-toi! c'est pour Julien.

MARGUERITE.
Vraiment!
C'est pour Julien? ah! j'y cours à l'instant.

ENSEMBLE.

MARGUERITE, ANNA.

MARGUERITE.
Pour nous, mademoiselle,
Quelle bonne nouvelle!
J'en mourrai de plaisir,
Julien va revenir!

ANNA.
O souffrance cruelle!
O douleur éternelle!
Oui, dussé-je en mourir,
Allons, il faut partir.
(Marguerite sort.)

SCÈNE X.

ANNA, seule.

Oui, redoublons le mystère qui me cache à
ses yeux! qu'il soit riche... qu'il soit heureux,
mais qu'il ne puisse soupçonner la main qui lui
rend son héritage; qu'il ne connaisse jamais la
pauvre fille qui l'aimait, et qui lui sacrifie son
bonheur... Et vous, mes anciens maîtres, vous,
mes bienfaiteurs!... maintenant nous sommes
quittes, je vous ai payé ma dette.

SCÈNE XI.

ANNA, JENNY.

JENNY.
Ah mon Dieu!... mon Dieu! qu'est-ce que
cela veut dire?...

ANNA.
Qu'est-ce donc?

JENNY.
Voici encore M. Mac-Irton et des hommes de
loi, des habits noirs, qui arrivent au château!

ANNA.
Grand Dieu! il n'y a pas de temps à per-
dre... courons à la chapelle...
(Elle sort par la droite.)

JENNY.
Eh bien! elle s'en va sans me répondre... est-
ce que c'est honnête?... Mais où est donc notre
nouveau seigneur? on ne le voit plus. Est-ce
que les grandeurs l'auraient changé?

SCÈNE XII.

JENNY; GEORGES, venant de la gauche et parraissant au fond, sur la galerie.

GEORGES.
Robin-mour! impossible de la rencontrer... je

puis toujours à attendre quelque apparition...
qui n'arrive pas. (*Descendant par l'escalier à gauche.*) A chaque femme que j'aperçois, je crois
toujours que c'est elle... Eh ! mais en voici une.

(*Courant à Jenny, qu'il n'aperçoit que par derrière.*)

JENNY.

Eh bien ! monsieur... qu'est-ce que vous faites donc ?

GEORGES.

Non... c'est ma gentille fermière...

JENNY, à part.

Ma gentille fermière... je me trompais ; il
n'est pas changé.

GEORGES, la regardant.

Ou plutôt, car il faut se méfier de tout....
c'est peut-être une nouvelle forme qu'elle a
prise... car elle ne paraît jamais que sous les
traits d'une jolie femme... en tout cas ça m'est
égal... je m'en vais bien voir !

JENNY.

Qu'est-ce que vous avez donc à me regarder
ainsi ?

GEORGES, la regardant tendrement.

Un mot seulement... es-tu bien sûre d'être
madame Dikson ?

JENNY.

Tiens, c'te question !

GEORGES

Tu hésites.., ce n'est pas vrai..

ooooooooooooooooooooooooooooooooooooooooooooooooooo

SCÈNE XIII.

Les Précédents, DIKSON.

DIKSON, qui a entendu les derniers mots.

Si, monsieur, c'est vrai... c'est ma femme, et
ce n'est pas bien à vous de venir élever des doutes sur ce sujet-là, après tout le tort que vous
m'avez déja fait !

JENNY.

Du tort ! et en quoi donc ?

DIKSON.

Ils prétendent tous dans le pays que cette
nuit la dame blanche lui est apparue, et qu'elle
lui a donné ce château et plusieurs millions :
or, c'est à moi que tout ça revenait, si hier au
soir je n'avais pas cédé ma place.

JENNY.

Là ! qu'est-ce que je te disais ?... ce que c'est
que d'être poltron !

DIKSON.

C'est toi, au contraire, qui m'as empêché d'y
ller.

JENNY.

Est-ce que tu devais m'écouter ? le devoir
d'une femme, c'est d'avoir peur..... mais un
homme, c'est différent.

DIKSON.

Nos devoirs sont les mêmes.

GEORGES, passant entre eux.

Doucement, mes amis, ne vous fâchez pas ;
je ne tiens pas au château... et s'il vous fait
grande envie, je vous l'abandonne.

DIKSON, avec joie.

Il serait possible ?...

GEORGES.

Oh mon Dieu ! oui... (*montrant toutes les per-
sonnes qui arrivent.*) et tu peux devant ces messieurs t'en déclarer propriétaire.

ooooooooooooooooooooooooooooooooooooooooooooooooooo

SCÈNE XIV.

Les Précédents, GAVESTON, MAC-IRTON, MARGUERITE, Fermiers, Habitants d'Avenel, Gens de justice.

FINAL.

MAC-IRTON et LES GENS DE JUSTICE, à Georges.

Voici midi : la somme est-elle prête ?
Il faut payer ou fournir caution.
Au nom du roi, monsieur, je vous arrête ;
Il faut payer, ou marcher en prison.

GEORGES, gaiment.

Adressez-vous donc à Dikson,

DIKSON.

Qui, moi, messieurs ? oh ! ma foi, non.

GEORGES, de même.

Tu ne veux plus prendre ma place ?

DIKSON.

Non, vraiment ; reprenez, de grace,
L'château que vous m'avez donné.

GEORGES.

(A Mac-Irton.)

C'est bien ! Mais quelle impatience !
L'heure n'a pas encor sonné ;

(A Gaveston.)

Vous savez que j'ai confiance.

GAVESTON.

Et quelle est donc votre espérance ?

GEORGES.

La dame blanche d'Avenel.

(On entend le prélude de harpe.)

Tenez... entendez-vous ?

GAVESTON et LE CHOEUR.

O ciel !

(Ils se pressent tous en cercle sur le devant du théâtre, et
pendant ce temps, Anna, vêtue de blanc, et tenant sous
son voile un coffret, paraît à la droite de la galerie qu'elle
traverse lentement. Gaveston, Julien et le chœur, qui
sont sur le devant du théâtre, lui tournent le dos et ne
l'aperçoivent point encore.)

ENSEMBLE.

GEORGES, MAC-IRTON, GAVESTON, CHOEUR.

GEORGES.

Ô toi que je révère,
O mes seules amours !
Déité tutélaire,
Tu viens à mon secours.

MAC-IRTON, GAVESTON, CHOEUR.

Quel est donc ce mystère ?
Qui protége ses jours ?
Quel pouvoir tutélaire
Lui prête son secours ?

(Pendant cet ensemble, Anna a traversé la galerie, a descendu l'escalier à gauche, et est venue se placer debout

sur le piédestal de la dame blanche, qui est au bas de l'escalier à gauche ; en ce moment tout le monde se retourne et l'aperçoit.)

MARGUERITE, TOUS LES PAYSANS, *se prosternant.*

C'est elle !

    ANNA, *du haut du piédestal.*

En ce castel est le fils de vos maîtres :
Ce noble guerrier, digne de ses ancêtres,
Ce dernier rejeton des comtes d'Avenel...

    GEORGES.

Quel est-il?

    ANNA.

C'est toi-même.

    JULIEN.

    O ciel!

    ANNA.

Julien, de tes vassaux reçois enfin l'hommage :
Ce château t'appartient...

    (*Montrant le coffret caché sous son voile.*)

    Et cet or est à toi !
Ton père en d'autres temps l'a remis à ma foi
    Pour racheter ton héritage...

(*Descendant lentement les marches, et posant le coffret sur le piédestal, elle s'avance au milieu du théâtre, mais à quelque distance de Julien.*)

Je parais à tes yeux pour la dernière fois.

MARGUERITE, *passant à la droite de Georges et le serrant dans ses bras;*

    Mon cher Julien, je te revois.

    ANNA.

    Je pars, et qu'aucun téméraire
    N'arrête ou ne suive mes pas.

(*Tous lui ouvrent un passage et s'inclinent sans oser la regarder. Georges, que Marguerite serre dans ses bras, veut s'en dégager pour suivre Anna. Dikson, qui est à sa gauche, le retient fortement. Pendant ce temps, Gaveston, qui a remonté le théâtre, se trouve au fond en face d'Anna, et la saisit par la main.*)

    GAVESTON.

Non..,. sous mes pieds dût s'entr'ouvrir la terre,
(*La ramenant sur le devant du théâtre.*)
    Qui que tu sois, tu ne sortiras pas.

    LE CHŒUR.

Tremblez! tremblez! redoutez sa colère

    GAVESTON.

Non, je découvrirai ce funeste mystère,
Et l'ennemi secret qui s'attache à mes pas.

    (*Arrachant son voile.*)

    MARGUERITE, GAVESTON, LE CHŒUR.

Que vois-je? Anna !

    ANNA, *se jetant aux genoux de Julien.*

    C'est elle-même !

    JULIEN, *avec joie et cherchant à la relever.*

Je retrouve celle que j'aime,
Celle à qui j'ai donné ma foi !

    ANNA.

Orpheline et sans biens, je ne puis être à toi.

    JULIEN.

Le ciel a reçu ma promesse ;
Je renonce aux trésors, au rang que je te dois
S'il faut les partager avec d'autres que toi.

    CHŒUR.

Elle est digne d'être comtesse :
Elle doit accepter sa main.

    ANNA, *tendant la main à Julien.*

Vous le voulez?

    JULIEN.

    Ah! quelle ivresse!

    MARGUERITE.

Quel bonheur! je retrouve enfin
Ce cher enfant que j'ai vu naître.

    JENNY.

Nous retrouvons un bon maître,

    DIKSON.

Et mon fils un bon parrain.

    CHŒUR.

Chantez, joyeux ménestrel,
Refrain d'amour et de guerre;
Voici revenir la bannière
Des chevaliers d'Avenel.

FIN DE LA DAME BLANCHE.

PARIS. — TYP. WALDER, RUE BONAPARTE, 44.

Homme (l') propose, c., 3 actes. [illegible] 60
Homme gris (l'), c., 3 a. 60
Honorine, vaud., 3 a. 60
Huguenots (les), grand opéra, 5 a. 1 »
Humoriste (l'), v., 1 a. 60
Hussard de Felsheim, (le), vaud., 3 [illegible] 60
Idiot (l'), dr., 1 a. 60
Il y a seize ans, dr., 5 a. 60
Image (l'), vaud., 1 a. 60
Incendiaire (l'), dr., 5 a. 1 »
Indienne (les), a., 5 actes. 60
Industriels et industrieux, revue, 3 a. 60
Inférieur de M. Joviel (les), vaud., 3 a. 60
Intérieur d'un ménage de [illegible], vaud., [illegible] 60
Isabelle de Bavarès, drame, 3 a. 60
Jacques, vaud., 3 a. 60
Jaspin, [illegible], 1 a. [illegible]
Jean, [illegible], 3 a. 60
Jean Lecoir, v., 2 a. 1 »
Jeanne Mâle, dr., 5 a. 60
Jeanne d'Arc, trag., 5 a. 5 »
Jeanne et Jeanneton, dr., 5 actes. 60
Jean de Bourgogne, c., 5 actes. [illegible]
Jérôme d'Aix la Dorure, trag., 5 actes. [illegible]
Jessonda et Colin, opéra, 3 actes. [illegible]
J'enlève ma femme, v., 1 acte. [illegible]
Jeune femme colère (la), com., 1 a. 60
Jeune homme (le), c., 3 a. 60
Jeannette et Henri V, c., 3 actes. [illegible]
Jeunesse de Richelieu (la), com., 5 actes. 60
Jovande, opéra-com., 3 a. 3 »
Joseph, opéra, 1 a. 1 »
Journal (le) des Dames-Femme, vaud., 5 a. 60
[illegible], vaud., 5 a. [illegible]
Lazare de Milé (la), vaud., 2 actes. 60
Lune rousse (la), v., 1 a. 60
L'âne et l'indigence, com., 5 actes. 60
Machabées (les), drame, 5 actes. 60
Maçon (le), op., 3 a. 60
Madame de Sévigné, v., 3 actes. 60
Madame de Sévigné, v., 3 actes. [illegible]
Madame Rabelais, v., 3 actes. 60
[illegible]
[illegible]
[illegible]
Maris sans femmes (les), vaud., 1 a. 60
Maris vengés (les), v., 5 actes. 60
Marius à Minturnes, trag., 5 a. 60
Marquis de Brunoy (le), drame, 3 actes. 60
Marquis de Carabas (le), vaud., 3 actes. 60
Marquise de Rantzau (la), vaud., 3 actes. 60
Marceline (la), v., 1 act. 60
Merton et Bromton, com., 1 acte. 60
Muscadelle, op.-com., 4 actes. 60
Mathilde, drame, 5 a. 60
Médévie (la), comédie, [illegible] 60
[illegible]
[illegible]
[illegible]
Michel et Christine, v., 1 acte. 60
[illegible] vaud., 3 a. 60
[illegible]
[illegible]
[illegible]
Oncle Baptiste, vaud., 2 actes. 60
Oscar, com., 3 actes. 60
Othello, op., 3 actes. 1 »
Ours et le Pacha (l'), v., 1 acte. 60
Ouverture de la chasse (l'), vaud., 1 acte. 60
Ouvriers (les), c., 2 a. 1 »
Perte de famille (la), dr., 5 act. 60
Frater Smart (le), op.-com., 1 acte. 60
Paquerette, v., 1 a. [illegible]
Paris (le), trag., 5 actes. 1 »
Far du diable (la), op.-com., 3 actes. 60
Passé midi, c., 1 acte. 1 »
Passé minuit, v., 1 acte. 60
Passion secrète (la), c., 5 act. 60
Pauvre Jacques, com.-vaud., 1 acte. 60
Payeur perruquier (le), vaud., 3 actes. 60
Payeurs Roth, c., 5 a. 60
Père Chin-Chin, c., 3 a. 60
Pêcher à poulbot (le), v., 1 acte. 60
Péchants dérés (les), com., 5 actes. 60
Père (le) rue Saint, dr., 5 actes. 60
Père de famille (le), dr., 5 actes. 60
Péris à la campagne (le), vaud., 3 actes. 60
Père Vacat (le), vaud., 3 actes. 60
Perliers (les), [illegible], 3 actes. 60
Permission de dix heures, v., 1 acte. 60
Pour qui de la vigne (le), opéra-com., 3 actes. 60
Petit homme gris (le), v., 1 a. 60
Petit Chaperon rouge, opéra-com., 3 actes. 60
Petit Matelot (le), op., 1 a. 60
Pierre de Médicis (le), v., 5 actes. 60
Feuilleton, vaud., 1 acte. 60
Tonnerres (les), c., 5 actes. 60
Philosophe sans le savoir (le), c., 5 a. 60
Fille (la), grand opéra, 5 actes. 1 »
Philis campagnarde (la), vaud., 1 acte. 60
Phœbus et l'Écriture publique, vaud., 2 a. 60
Picaros et Diego, opéra-com., 1 acte. 60
Dix veuves (le), op., 3 a. 2 »
Prix comique, opéra-com., 3 actes. 60
Pierre-le-Noir, dr., 5 a. 60
Pinto, com., 5 actes. 60
Plumpliss (le), v., 3 a. 60
Flâneur (le), op.-com., 5 actes. 60
Plus bon jour de la vie (le), c., 3 actes. 60
Port de la prairie (le), vaud., 5 actes. 60
Poissarde, dr., 5 actes. 60
Folies de Bourrogue (les), dr., 3 actes. 60
Poléais (les), v., 5 a. 60
Polka (la), v., 1 a. 60
Pollion (la), v., 1 a. 60
Poutous (les), dr., 5 a. 60
Popularité (la), comédie, 5 actes. 60
Portrait vivant, c., 3 a. 60
Postillon de Longjumeau (le), op.-com., 3 a. 60
Fourch (la), v., 1 a. 60
Pourquoi? v., 1 a. 60
Pré-aux-Clercs, op.-c., 3 actes. 1 »
Précepteur à vingt ans (le), v., 2 a. 60
Première affaire (le), com., 3 actes. 60
Premières amours (les), vaud., 1 acte. 60
Prétendants (les), com., 3 actes. 60
Prétendants (les), com., 3 actes. 60
Précille et Tacsanet, v., 1 a. 1 »
Princesse Aurélie (la), com., 3 a. 1 »
Prince d'Édimbourg (le), op.-c., 3 a. 1 »
Projets de mariage (les), [illegible] 60
Prosper et Vincent, v., 3 actes. 60
Protégé (le), v., 1 a. 60
Prix d'espoir, op.-c., 5 actes. 1 »
Pupilles de la garde, v., 5 actes. 60
Quaker et la danseuse, v., 1 a. 60
Quatre-vingt-dix-neuf moutons, v., 1 a. 60
Rabouis sur le card de Rendez, v., 1 a. 60
Rival et négoce, v., 5 actes. 60
Laveuse, v., 2 a. 60
Lègue et les deux voix, op.-com., 3 a. 60
Reine de Chypre, op., 5 actes. 2 »
Retour de noce des (la), v., 3 a. 60
Rendez-vous bourgeois (les), op.-com., 1 a. 60
Républicains (les) forcés, c., 3 actes. 60
République, dépose et des Cent jours (la), 60
Rêve du mari et le [illegible], vaud., 3 a. 60
Richard d'Ardigon, dr., 3 a. 60
Richard en Palestine, opéra, 3 a. 60
Richard Savage, dr., 5 a. 1 »
Rigoletto, op., 3 a. 60
Rivaux, Rendez-vous (les), c., 3 a. 60
Robert chef de brigands, dr., 5 a. 60
Robinson d'Avignon, op., 3 actes. 1 »
Rossy en Schiraz, dr., 5 actes. 1 »
Rose des bois, opéra, 5 actes. 60
Rodolphe, dr., 3 a. 60
Rohlita (la), com., dr., 3 a. 60
Roman (le), v., 1 a. 60
Roman de Paris (le), v., 3 actes. 60
Ronde des nuits (la), v., 1 a. 2 »
Rose-Laure (la), op., 3 a. 1 »
Roy de Perceval (le), op.-com., 3 a. 1 »
Ronde de tr. Luce (le), v., 5 actes. 60
Rey-Bras, parodie. 60
Ruy-Blas, dr., 5 actes. 60
Sakita (la) de la Marquise, op.-com., 3 a. 1 »
Saltimbanques (les), v., 3 actes. 60
Samuel le marchand, dr., 5 a. 60
Sans tambour et trompette, v., 3 a. 60
Satan ou le Diable à Paris, v., 1 a. 60
Seconde année (la), v., 1 acte. 60
Secret du ménage (le), com., 3 a. 60
Secret du soldat (le), c., [illegible] 60
Secrétaire (le) et le Cuisinier, v., 1 a. 60
Sémiramis, opéra, 5 a. 1 »
Serment du collège (le), vaud., 1 a. 60
Shakespeare amoureux, com., 1 acte. 60